D1725745

IDA CASABURI

DAS HAUSMÄDCHEN
MIT DEM DIAMANTOHRRING

Roman

kalliope paperbacks

Umschlaggestaltung: PR Design, Bammental
unter Verwendung einer Illustration von © Ida Casaburi
Druck und Bindung: Digital Print Group, Erlangen

Printed in Germany

Erste Auflage 2010

ISBN 978-3-9810798-9-0

www.kalliope-paperbacks.de

Für A. und S.

1 ♀

Sonntagnachmittag. Wolkenloser Himmel über Frankfurt. Fast sommerliche Temperaturen. Zugvögel, die zurückgekommen oder einfach geblieben sind und irgendwie falsch singen. Pflanzen, die erneut treiben. Das leise Summen von Vaters Stressless-Sessel, das aus dem Wohnzimmer herüberdringt, begleitet das Summen verstörter Bienen, die anstatt im Bienenstock als Wintertraube eng zusammenzusitzen und konzentriertes Zukkerwasser zu schlürfen, die Reste von Bibas Kuchen naschen und in meinem Glas tot umfallen. Das ganze Szenario einer in Unordnung geratenen Natur und die Vorzeichen einer schon Ende November näher rückenden Weihnachtsfront.

Dann die totale Okklusion. Ein Schatten in Form einer Käseglocke breitet sich über meinen Liegestuhl aus: Mutter, sie steht hinter mir, mit einer großen Tüte in der Hand.

»Sole, Schätzchen, ich möchte dir etwas zeigen.«

Ab ins Auge des Taifuns! Nach der *White Christmas* singenden Fußmatte im letzten Jahr und dem Stethoskop mit Rentiergeweih im Jahr davor bin ich auf alles gefasst.

»Was ist es dieses Mal?«

»Schau selbst!«

Ich schaue. Es ist einer dieser Zwerg-Weihnachts-Spi-dermänner, die wie Diebe über die Balkone steigen, ob-wohl genügend Kamine zur Verfügung stehen.

»Na, wie findest du ihn?«

»Dick, rot und peinlich.«

»Papperlapapp, sag' Biba, sie soll den Baum holen und die Truppe zusammentrommeln!«

Kein Entkommen, weder für mich noch für Mutters Spezialeinheit, meine Kuscheltiere, die jedes Jahr zwangsrekrutiert und zum Dienst am Baum abkomman-diert werden, weil einzigartige Kinder einzigartige Bäume brauchen. Fünfundzwanzig Jahre mal siebenundfünfzig Tiere, ausschließlich der Marke Steiff, macht eintausend-vierhundertfünfundzwanzig hochqualitative, kindersiche-re Verlusttraumata, Depressionen, Alpträume und heute noch den unwiderstehlichen Drang, von Dezember bis zum Tag der Heiligen Drei Könige unter dem Weih-nachtsbaum zu schlafen.

Ich gehorche meiner Steiff-Sergeant-Major-Mutter und gehe unsere Haushälterin rufen. Sie liegt völlig erschla-gen in ihrem Zimmer und versucht das zu genießen, was vom Tage übrig bleibt.

»Bibachen, es weihnachtet.«

»*Waaas?*«

»Ich denke, es heißt: Wie bitte.«

»Nicht sonntags, nicht in meiner Freizeit und nicht nachdem ich zwei Stunden gebraucht habe, um die Kü-che aufzuräumen, weil dein Vater unbedingt kochen und sie in ein Feldlazarett verwandeln musste. Und jetzt soll ich auch noch eine Razzia machen und die Steiffkaserne holen? Nein, nein und nochmals nein! Wirf' deine Mutter in den Pool, sie kann ihren Dekorausch abschwimmen, zusammen mit diesem stinkenden Köter. Hier, nimm ihn!«

Der stinkende Köter, ein Yorkshire-Terrier namens Struppi, hat nie kapiert, dass er ein Geschenk meiner Eltern an mich gewesen ist. Er hängt nur an Biba und Biba hängt seit 25 Jahren nur an uns, was ihr das Recht gibt, sich einige Freiheiten zu nehmen. Das Recht auf eine geregelte Freizeit hat sie aber nicht, ebenso wie ich als Nesthockerin nicht das Recht habe, Befehle zu verweigern, weil nach jedem ›Nein‹ ein Rausschmiss droht.

»Komm schon, Biba, ich helfe dir.«

»Warum ich? Was ist mit deinem Vater?«

»Kann nicht, dringende Telefonanrufe, angeblich.«

»In letzter Zeit telefoniert dein Vater viel zu oft. Wenn du mich fragst, an der Sache ist etwas faul. Und jetzt raus hier oder ich kündige!«

Ich lasse Biba in Ruhe und hole die Truppe und den Baum, stelle ihn auf, messe und kürze ihn, nach der Formel: Baumhöhe = meine Größe + mein Alter, denn seitdem ich kein Kind mehr bin, wachsen die Bäume nicht mit der Zahl der Kuscheltiere, sondern mit mir, was bei 1,75 m und 25 Jahren dieses Mal eine Höhe von genau zwei Metern ergibt.

Mutter stürzt sich gleich auf die Kuscheltierkiste und sucht den Spitzenschmuck, Ninni, das Häschen mit den extralangen Ohren. Das Schmücken ist ihre Sache. Meine Sache ist es, mich mit Glühwein zu betäuben, während sie meine Lieblinge aufhängt.

»Hör mal, Liebes!«, sagt sie. »Wir wollen endlich deinen Freund kennen lernen.«

Schrille Alarmglocken, aus der Kiste meiner nicht ganz unproblematischen Beziehungen!

»Warum lädst du diesen Simon nicht am ersten Weihnachtsfeiertag zum Essen ein? Deine Cousine bringt auch jemanden mit, einen Ralf Soundso, einen ganz normalen Zahnarzt übrigens. Er soll Lillis furchtbares

Gebiss endlich in Ordnung gebracht haben, sagt Tante Hedi. Da bin ich aber gespannt. Sag mal, Sole, es wird wohl mit deinem Neuen nicht so schlimm werden wie mit diesem blinden Tierflüsterer, wie hieß er gleich? Na, egal, der Typ, der behauptet hat, unser Struppi hätte ihm erzählt, dein Vater würde fremdgehen? ... Aha! Da ist der Spitzenschmuck!« Sie steigt die Leiter hoch und rammt die Spitze des Baumes in Ninnis gemartertes Hinterteil.

Mein Lieblingshäschen gepfählt zu sehen, tut so weh, dass ich der Einladung zustimme, aus bloßer Rache, denn Simon Bexter ist sogar für seine eigenen Eltern eine Enttäuschung. Anstatt in der dritten Generation Geigen zu bauen, tritt er mit einer *Ukulele* auf. Er ist ein Clown, ein Zauberer, ein Träumer, ein Minnesänger, der Gedichte mit Feder und roter Tinte auf selbstgeschöpftem Büttenpapier schreibt und zu jeder passenden und unpassenden Gelegenheit verschenkt.

Und es kommt, wie es wohl kommen muss: Simon hat sich nicht nur verspätet, er hat sich auch noch als Weihnachtself verkleidet.

»Oh Gott! Ich sagte, du sollst etwas *Passendes* anziehen.«

»Wieso? Passt das etwa nicht?«

»Doch, zur Tischdekoration.«

Er trägt eine glitzerndrote Auftrittsjacke und eine selbstgestrickte, rotweiß gestreifte Haar-Kompressionsmütze.

Fünf dunkel gekleidete Kotilges, eine Haushälterin und ein Ralf Soundso starren meinen Freund an, hungrig, leicht verärgert und vielsagend sprachlos.

Die erste, die angestürmt kommt, um den stets gepredigten taktvollen Umgang mit Menschen anderer Art nicht zu praktizieren, ist meine Cousine: »Ach du liebe Zeit, Sole! Hast du auch Santa Claus eingeladen?«

»Lilli! Sperr' lieber den Mund nicht so auf! Dein Zahnarzt ist nur halb so gut, wie er aussieht. Und pass bloß auf, dass du nicht wie Catherine Sloper endest!«

»Catherine Sloper? Wer ist das? Hat Ralf etwa ihre Zähne ruiniert?«

Den literarischen Hinweis auf den Roman von Henry James hätte ich mir bei jemandem, der nur Krimis liest, sparen können.

Gerade als ich ihr eine Kurzfassung von der Erbin von Washington Square geben will: reiche, hässliche Frau verliebt sich in attraktiven Mitgiftjäger, nimmt mich Tante Hedi zur Seite.

»Sag mal, Liebes, womit wäscht sich der Junge bloß die Haare?«

»Mit Viagra-Shampoo«, sagt Onkel Thomas, der Worte wie Pistolenkugeln benutzt, sparsam, aber gezielt.

Könnte nicht der Fassadenkletterer kurz über das Geländer springen, ein Maschinengewehr aus seinem Sack holen und meine Familie ein wenig zu Tode erschrekken?

Ich werfe Simon einen hilfesuchenden Blick zu, und er wirft mir einen ›Keine-Sorge-ich-mach-das-schon-Blick‹ zurück und bringt es fertig, unsere wegen ihrer verschmorten Challans-Ente völlig aufgelöste Biba zu beruhigen, sich jedem vorzustellen, eine Blume für Mutter aus dem Nichts zu zaubern, mir die Zunge in den Mund zu stecken, eine Rolle Papier aus meinem Haar zu ziehen und sie mir mit dem Kniefall eines Ritters der Tafelrunde zu überreichen: »Hier, Prinzessin, mein Weihnachtsgeschenk: N° 5.«

Onkel Thomas kann es natürlich nicht lassen, etwas

über Frösche und wirkungslose Küsse zu murmeln, und Lilli, die ihre Brille nur bei sich zu Hause trägt, was ästhetisch gesehen jedoch keinen Unterschied macht, will gleich wissen, ob der Parfüm-Klassiker gemeint sei, wobei Morris Townsend, alias der Mitgiftjäger, alias Ralf Soundso ihr sofort erklärt, dass es sich nicht um *Chanel* handelt, sondern bloß um ein Stück Papier.

»Papier? Du meinst, er hat ihr einen Gutschein geschenkt?«

Typisch Lilli! Als ich ihr sage, das Stück Papier in meiner Hand sei kein Gutschein, keine Aktie und auch kein 1000-Euro-Schein, sondern ein Gedicht, wedelt sie sogleich mit ihrem haarigen, Gucci-bereiften Arm vor meiner Nase. »Oh, wie originell! Hier, schau, was ich von Ralfi bekommen habe!«

Lillis ewiger Konkurrenzkampf! Seit dem Kindergarten schlägt sie mich, mit solideren Sandkuchen, besseren Noten, null Pubertätsproblemen, einem in Rekordzeit abgeschlossenen Wirtschaftsstudium und Freunden, die Designeranzüge tragen und 500-Euro-Uhren schenken.

Aargh! Am liebsten möchte ich ihre kotilgischen Haare – schwarz, kurz, stumpf und störrisch – mit den Scherben einer zerbrochenen Weihnachtskugel shampoonieren, wenn auf dem verdammten Baum eine zu finden wäre.

Auf einmal spricht jeder über seine Geschenke, sogar Vater, dem ein Fußmarsch zum Feldberg lieber als ein Gang über die Zeil ist und der Schenken für einen unfairen Tausch hält, weil er für Steine und Metall immer nur Stoff und Leder bekommt.

»Absolut stabil!«, gibt er mit seiner Boxcalfledertasche mächtig an, was vermutlich zur Folge haben wird, dass es in den nächsten Jahren nichts als Schlafanzüge gibt. Nach ihm ist Tante Hedi dran. Sie nimmt uns auf eine spannende Exkursion mit, durch das Land der Espressomaschinen mit Cappuccino-Aufschäumern, Brotbackautomaten, Dampfreinigern und Wasserentkalkern – die Frau weiß ganz genau, wie man Menschen langweilt. Bei der Beschreibung ihrer neuesten Elektroschocker ergreife ich die Flucht.

Ich komme nicht weit. Mutter pfeift mich zurück: »Sole, wo willst du hin? Möchtest du uns nicht Simons Geschenk ... vorlesen?«

Simon, der ohne Publikum nicht leben kann, reißt sich natürlich gleich um den Job. Mit einer aus dem Hosentaschenfundus gezauberten Mundharmonika in der Hand peilt er die Mitte des Zimmers an. Seiner Meinung nach ist es absolut wichtig, immer im optischen Mittelpunkt der Zuschauer zu stehen, um Täter zu sein. Wenn man sich zwei Drittel vorne rechts hinstellt, läuft man Gefahr, Opfer zu werden.

Eine Zuckerstange mit Haaren wie Tina Turner vor einem blinkenden Weihnachtsbaum voller Haus-, Wald- und Wiesentiere in einem Raum mit lauter praktisch orientierten, korrekt angezogenen, gehässigen, unsensiblen Menschen hat aber keine Chance, ganz egal, wo sie steht. Nach dreißig spannungssteigernden Sekunden und einigen untermalenden Akkorden legt er los:

Durch dich, zwischen Menschen,
die Bachkieseln gleichen,
ward ich bewahrt vor Träumen
von gestern oder morgen.
Dein glänzend Antlitz
berauscht mich Tag um Tag,
so dass ich lächelnd durchstreife die Wüste.

Ich wusste es doch gleich: Das wird eine öffentliche Hinrichtung. Kein Applaus, null Begeisterung und Mutters amusischer Kommentar: »Ganz nett.«

Bevor ich sagen kann: »Verdammt, Mutter, seit einer Ewigkeit streifst du angetörnt durch die Wüste, begegnest rein zufällig jemandem mit dem gleichen verzückten Gesichtsausdruck, und was tust du? Du hältst ihn für eine schlechte Fata Morgana«, kommt Gott sei Dank Biba mit einem Tablett voller Tranquilizer und nach zwei ›Before-Sparkling-Strawberry-Drinks‹ halte ich die Klappe.

Kaum zu glauben, dass ich jedes Jahr so etwas über mich ergehen lasse. Weihnachten zu Hause ist wie eine Geburt. Während der Wehen schreit man: nie wieder! Danach vergisst man alles, auch zu verhüten.

Die nächste Wehe kommt am Tisch, ausgelöst durch Lilli, die mich mit einem sadistischen Grinsen fragt: »Schreibst du immer noch an deiner Examensarbeit? Wie war der Titel gleich?«

Seitdem meine Cousine sich mit zwei Jahren im Spiegel erkannt hat, zeigt sie vor allem für mich recht wenig Empathie, und weil die Natur sie nicht in ihr Gen-Veredlungsprogramm aufgenommen hat, muss sie regelmäßig ihren Frust an mir auslassen, meistens bei Familientreffen, ganz besonders an Weihnachten, pünktlich zur Vorspeise.

Nach der verlorenen Schlacht, Edelmetall gegen Papier, war dies die absolut falsche Frage.

»Erfolgsfaktoren im Luxusgütermarketing«, sage ich. »Aber vielleicht sollte ich das Thema wechseln und über das frühkindliche Spiegeltrauma als Ursache für narzisstische Persönlichkeitsstörungen schreiben.«

Simons Timing ist wieder perfekt. Zur Entspannung der kritischen Lage gibt er eine kleine Demonstration seines Manipulationskönnens und lässt eine Dessertgabel, eine Olive und zwei Tannenzapfen vom Tisch verschwinden und aus den Taschen von Ralf Soundso wieder auftauchen, der Flecken suchend und meine Mutter nachäffend sagt: »Nette Performance.«

Nun ja, damit die Stimmung noch tiefer unter den Nullpunkt sinkt, macht auch Lilli eine frostige Bemerkung zu Simons Kleidung: »Nette Aufmachung.«

»Oh, vielen Dank! Die Mütze habe ich selbst gestrickt.«

»So, so, ein strickender, zaubernder Dichter«, kommentiert Vater und Mutter säuselt: »Oder ein zaubernder, dichtender Stricker.«

»Bestrickend!«, pflichtet Onkel Thomas bei.

Ich springe von der Bewusstseinsebene 20: Scham – dem Tod nahe (Tod = Null) – hoch zu Ebene 150: Wut. Wut kann nützlich, schädlich oder vernichtend sein. In meinem Fall bricht sie, zusammen mit Scham und den vielen Drinks, einen Damm und ich überschwemme die Gucci-Makrele mit einem *76er Chateau de Canterrane,* packe dann Simon am Arm, ziehe ihn hinter mir her und verlasse das Zimmer mit den Worten: »Euer Gehirn ist grob gestrickt und voller Laufmaschen! Strickt euch ins Knie!«

Eine völlig überzogene, sinnlose, destruktive und folgenschwere Reaktion, wie ich am nächsten Tag feststellen muss, genauer gesagt, um acht Uhr morgens. Da platzt Vater in mein Zimmer, in das ich seit gerade zwei Stunden zurückgekehrt war, mit einem gewaltigen Weihnachtskoller-Kater und brüllt mich aus dem Schlaf: »Wenn du dich nicht sofort für dein gestriges Benehmen entschuldigst, kannst du das Haus für immer verlassen.«

»Darf ich ausschlafen oder soll ich gleich gehen?«

»Gleich und zu Fuß. Der Smart bleibt hier.«

»Muuuutter!«

»Deine Mutter kann dich nicht hören. Sie entsorgt gerade 25 Meter Nabelschnur in die Biotonne.«

Ein Rausschmiss zu viel! Dieses Mal packe ich doch die Koffer, selbstverständlich nur pro forma. Wenn meine Eltern mich beim Packen sehen, fallen sie mir bestimmt weinend um den Hals, werfen sich mir zu Füßen und Mutter holt die Nabelschnur aus dem Müll und bindet mich damit fest.

Von wegen! Vater ruft ein Taxi und lädt mein Gepäck eigenhändig in den Kofferraum. Und ich? Steige sorglos ein, immer noch fest davon überzeugt, dass sie bloß bluffen, die Tür wieder aufreißen und mich aus dem Wagen zerren werden.

Mutter macht sie tatsächlich auf, befreit meinen eingeklemmten Rock und schlägt sie mit einem energischen Schwung wieder zu, so als wollte sie mich und den Wagen in einen Abgrund befördern. Der Taxifahrer, dem ich erzähle, dass diese vor Freude tanzenden Leute meine Eltern sind, lässt die Scheibe herunter und ruft ihnen etwas auf Türkisch zu, das sich nicht sehr freundlich anhört.

Natürlich hatte ich fest daran geglaubt, mein Handy würde spätestens hinter der nächsten Straßenecke klingeln. Aber nein! Kein Anruf! Keine Friedenstaube! Seit einem Monat und drei Tagen höre ich nichts mehr von ihnen. Sie haben ihr einziges Kind aus einer Villa mit acht Zimmern, Garten und Pool hinausgeworfen und völlig vergessen.

Früher hatte ich ein 45 qm großes Wohnschlafzimmer mit Blick auf den Garten. Jetzt habe ich ein Klappbett unter einer winzigen Dachluke ohne Blick, selbst wenn keine zwanzig Zentimeter Schnee darauf liegen wie jetzt, mit etwas Zimmer drum herum, wirklich nicht der Rede wert, um dessen Miete zu bezahlen ich zwei R-resistente Chinesen unterrichte, Plakate von den Fenstern des Supermarkts um die Ecke abkratze und 327 Briefkästen mitten in der Nacht füttere. Heute war es da draußen so glatt, dass ich mit einem Müllmann Pflicht und Kür gelaufen bin, das ganze Programm, mit Pirouetten und Loops. Einfach zum Halsbrechen! Und das alles wegen jemandem, den ich nach der sechsten Pergamentrolle verlassen habe. Mist!

Als ich gerade vor dem Backofen aufzutauen versuche, kriecht Julia aus ihrem Bett, ganze zwei Stunden nach mir. Julia Lipinski ist meine Freundin und Mitbewohnerin, und sie darf einem einzigen schlecht bezahlten Job nachgehen.

Wir teilen ein fast ähnliches Schicksal: eine 30-qm-Mansarde, einen handgetriebenen DSL-Anschluss und einen erbärmlichen Rest von Auto. Den Glauben an Schutzengel teile ich mit Julia allerdings nicht, zumindest nicht nüchtern, was ich gestern Abend definitiv nicht gewesen bin, sonst hätte ich kaum zugelassen, dass sie sich an einen Typ namens Calliel wendet, ein Thronengel, der im zweiten Himmel Dienst schiebt. Voll wie eine Haubitze lallte sie, er sei einer von denen, die helfen, ohne lange zu fackeln, was der Gute auch bewiesen hat. Seine Antwort ist gleich gekommen, noch bevor die zweite Flasche Wein leer war: »Olganisiere umgehend jemanden für deine alme Fleundin.«

Calliel hat natürlich recht. Ich bin bedauernswert arm und furchtbar dumm, weil ich unbedingt Franz von Assisi nachahmen musste. Na ja, ganz nackt wie er bin ich doch nicht gegangen. Franz mag ohne Designerklamotten und mit einer Höhle im Wald zufrieden gewesen sein, aber Franz musste keine Diplomarbeit über die Erfolgsfaktoren im Luxusgütermarketing schreiben, für die mir, ehrlich gesagt, im Moment kaum Zeit bleibt.

Julia schlurft zum Küchenregal, sechs Meter Kabel hinter sich her ziehend. Mit einer Hand fönt sie sich die Haare trocken, mit der anderen stellt sie aus acht verschiedenen Dosen ihre Spezial-Müsli-Mischung zusammen, zu der es einen bräunlichtrüben, frisch gepressten Saft gibt, aus Obst- und Gemüseresten, und an diesem Freitag auch aus einer abgetakelten Kartoffel. Julia ist Vegetarierin.

»Sind Kartoffeltriebe nicht giftig?«, frage ich sie.

»Da waren keine Triebe dran!«, sagt sie, leicht eingeschnappt.

»Doch! So lang wie Elefantenzähne!«

»Dann trink doch was anderes!«

»Sind wir schlecht gelaunt?«

»Schlecht gelaunt, verkatert und müde. Ich möchte wissen, wer auf die perverse Idee gekommen ist, Uhrzeit und Krach, die schlimmsten Feinde von Langschläfern, in einer tickenden Bombe zu vereinigen? Gott sei Dank, wird heute Abend das Ding entschärft und für 48 Stunden ins Koma versetzt.«

Um ihre Laune noch mehr zu verschlechtern, macht sie auch noch ihre gewohnte Spiegelrunde. Ich hätte ihr gleich sagen können, dass alle vier Spiegel, trotz strategischer Anbringung, unter Berücksichtigung besonders schmeichelhafter Lichtverhältnisse, nach der gestrigen Engelbeschwörungsparty einer Meinung sein würden.

»Mal ganz im Ernst, Sole, sollte man nach sieben Stunden Schlaf nicht etwas besser aussehen?«

»Doch, wenn man nüchtern ins Bett geht. «

»Und warum siehst *du* aus, als hättest du ein Wellness-

Wochenende hinter dir?«

»Weil ich eine Sauerstoffkur mit Hochleistungssport hinter mir habe.«

»Wenn ich dich ansehe, glaube ich wirklich daran, dass Frühaufsteher gesünder, reicher und intelligenter sind! Habe ich irgendwo gelesen.«

»Totaler Unsinn! Frühaufsteher sind chronisch müde, bettelarm und blöd genug, sich beinahe den Hals zu brechen, damit Leute, die spät aus dem Bett kommen, ihre verdammte Zeitung kriegen. Hier hast du sie! Frisch geliehen.«

»Vielen Dank, Eisprinzessin! Ich wette, du hast dir früher nie Gedanken über den Weg der FAZ vom Verlag bis zu deinem Frühstückstisch gemacht.«

»Gewiss nicht! Ich bin früher auch nicht fünfmal in der Woche um fünf Uhr aufgestanden und habe mit leerem Magen Briefkästen gefüttert. Früher habe ich sogar acht Uhr zu den Nachtstunden gezählt, und der Weg der FAZ von unserem original kaiserlichen Reichs-Post-Briefkasten bis zum königlich gedeckten Tisch war Bibas Sache. Ich hasse Weihnachten, ich hasse meine Familie und ich hasse mich, weil ich ihnen unbedingt beweisen will, dass ich es auch ohne ihre Hilfe schaffe.«

»Hadere nicht! Was hat Biba gesagt? Höchste Zeit für das Mädchen, sich an die Erbse unter der Matratze zu gewöhnen!« Julia schiebt mir das Anzeigenblatt der Frankfurter Rundschau unseres Nachbarn über den Tisch zu.

»Hier! Schau nach, ob der versprochene Samariter schon drin steht!«, sagt sie.

»Heimarbeit, Telefonsex, Callcenter, nichts … doch, hier, das muss er sein! Hör zu: ›Alleinstehender Akademiker sucht einfache, absolut unscheinbare Haushälterin mit vegetarischen Kochkenntnissen.‹ … Warum soll sie

›einfach‹ und ›absolut unscheinbar‹ sein? Unscheinbar, sogar in Fettdruck. Wie findest du das?«

»Abartig.«

»Mag sein, aber der Typ bietet freie Zeiteinteilung, gute Bezahlung, eine separate Wohnung und einen Pkw.«

»Das heißt, dass du für ein wenig Putzen und Kochen ungefähr das bekommen würdest, was du vorher gehabt hast, *ohne* einen Finger krumm zu machen? Vergiss es!«

»Warum? Diana Konecki macht das auch und sie bekommt 800 Euro im Monat.«

»Erstens: Diana Konecki kommt von einem Bauernhof in Polen, hat fünf Geschwister und ist im Gegensatz zu dir Hausarbeit gewöhnt. Zweitens: Der Mann sucht jemanden, der so unscheinbar sein soll, wie das Wort schwarz ist.«

Julia hat natürlich recht. Wenn das dicke schwarze Wort kein Druckfehler ist, bin ich die falsche Person, denn *ich* scheine, und *wie* ich scheine, gleich von Geburt an. Kaum auf der Welt, schon hieß es: »Dieser Sonnenschein soll die Tochter von Dr. und Dr. Kotilge sein? Unmöglich!«

Der Zweifel ist berechtigt und ich rate jedem, der mit Bemerkungen aufwächst wie: »Wo hat sie das bloß her? Wie kann sie nur so schön sein?« einen DNA-Test zu verlangen, anstatt sich mit Paradoxa zufrieden zu geben über eine ratlose Natur, die sich nur deswegen verbessert hat, weil sie sich nicht weiter verschlechtern konnte.

Und was versteht schon ein Kind von Paradoxa? Das Kind betrachtet sich im Spiegel, schaut Mutter, Vater und die gesamte Ahnengalerie an und verpasst den Eltern gleich zwei dicke Anführungsstriche, einige Ausrufe- und ein großes Fragezeichen. Dass ein solch verunsichertes Kind spätestens in der Pubertät, laut ›Eltern‹, zu einem hässlichen, bösartigen Mistkäfer mutiert, ist nicht nur natürlich, es ist vorprogrammiert. Und obwohl ich mich an der Uni in eine konsumfreudige Trendsetterin verwandelt habe, kann ich sie immer noch erschrecken.

Zugegeben, nicht mehr mit meinen Selbstboykottversuchen, sondern mit der Wahl meiner Freunde, die zu einem unerwünschten Qualitätsverlust führen könnte. Nach drei recht hässlichen, schwarzhaarigen Generationen hätten es meine Eltern gern weiterhin schön und hellblond. Indische Schneeforscher sind für sie zu dunkel und blinde Tierflüsterer gemeingefährlich. Man stelle sich nur die Reaktion der unberechenbaren Natur vor, wenn sie nach so viel Mühe wieder eine Ladung schlechter Gene umarbeiten muss.

Sie verliert glatt ihre gute Laune, macht alles wieder rückgängig und sie bekommen womöglich blinde Enkelkinder mit dem Body von Großvater Kotilge, dessen Kragenweite seinen Kopfumfang übertraf. Und einer wie Simon Bexter, der strickt und dichtet, birgt Gefahren ganz anderer Art. Nein, jemand wie Jude Law, George Clooney oder Brad Pitt muss her, aber auf keinen Fall ein Simon Bexter.

Unfassbar, dass eine Wollmütze, ein paar Verse, ein blinder Hering mit einer Gucci-Uhr und mangelnde Akzeptanz ein behagliches und sorgenfreies Fünfsterneleben um vier und einen halben Stern gebracht haben. Sozusagen von Kempinski zu Jugendherberge! Hätte ich Simon nicht zum Weihnachtsessen eingeladen, würde ich jeden Morgen in einem gemütlichen Wasserbett sämtliche Melatoninreserven voll ausnutzen und den Tag ungefährlich beginnen, drinnen, im Warmen, auf rutschfestem Teppichboden, mit drei ungesunden Pfannkuchen und Bibas selbstgemachter Erdbeermarmelade.

Tja! Laut David R. Hawkins, der sich mit den Ebenen

des Bewusstseins beschäftigte, lässt sich mein Verhalten als Folge von Ärger (Ebene 150) und Stolz (Ebene 125) erklären. Etwas Mut gehört natürlich auch dazu. Mut rangiert auf Ebene 200. Alle Ebenen darunter sind nicht integer, lebensabträglich und operieren mit Zwang. Es heißt, wer die Grenze von 200 überschreitet und sich erweitert, tritt in den lebensfreundlichen, konstruktiven Bereich ein, wo ein Mensch die Gesellschaft als Ganzes bereichert und ihr Energie zuführt.

Ich weiß nicht, wer meine Energie bekommt, ich weiß nur, dass Hadern extrem kalorienraubend ist und ich schon ganze drei Kilo abgenommen habe.

»Wenn diese Annonce Calliels Werk ist, hat er etwas verwechselt«, sagt Julia. »Ich bin nämlich diejenige, die nichts isst, was sich *motu proprio* bewegt. Du kannst nicht einmal Mangold von Spinat und Dinkel von Grünkern unterscheiden. Und was heißt hier *einfach*? Ungebildet? Dumm? Bescheiden? Anspruchslos?«

»Vermutlich sucht er eine stille, unkomplizierte Dienerseele.«

»Und *die* bist du definitiv nicht.«

»Das hat auch meine Mutter gesagt, damals, als ich zwölf war und Gott dienen wollte.«

»Sag bloß, *du* wolltest Nonne werden!«

Doch, das wollte ich, in einem Kloster mit Schweigegelübde, weit weg von einer Gynäkologin, ungefähr so sensibel wie ein Stromschlag, die mich bei Familientreffen mit der Herausgabe von peinlichen Bulletins über die Zahl meiner sprießenden Schamhaare und das Wachstum meiner Brüste folterte.

Oh, wie sie es bereut hat, mich einer Gehirnwäsche unterzogen zu haben! Sie hat so lange auf mich eingeredet, ich sei nicht für den Job geboren, bis ich ausgestiegen bin. Eine Beraterin für Sektenmitglieder hätte nicht überzeugender sein können. Mit dem ersten BH von *La Perla* habe ich mein Haar blau gefärbt, Weihrauch gegen Haschisch getauscht und anstatt der Evangelien und Apostelgeschichten die *Bravo* gelesen. Adieu Kloster, ab in die Disco! Und sollte ich die Stelle bekommen, was in Bezug auf die merkwürdige Voraussetzung etwas problematisch sein könnte, würde ich ihr endlich beweisen, dass sie sich irrte.

Das dicke schwarze Wort starrt mich an. »Vielleicht ist es ein Druckfehler«, sage ich. »Unsichtbar statt unscheinbar. Was meinst du?«

Das macht irgendwie mehr Sinn. Was habe ich mir schon bei unserer Biba alles gewünscht, von blind und stumm bis abwesend, doch ehrlich gesagt, Bibas Aussehen ist nie von Bedeutung gewesen.

»Möglich ist alles.«

»Ich probiere es einfach. Was habe ich schon zu verlieren.«

Julia rümpft die Nase. »Und du gehst so?«

Ich blicke auf meine Figur mit den Traummaßen 90-60-90 in dem engen kurzen Pulli und den Hüftjeans, über deren Bund das Ende eines Tattoos herausschaut: zwei blassrosa Hasenohren, zum Glück nicht permanent, das Ergebnis einer frustrierenden Retroparty im Haus von Cousine Lilli, von zu vielen Mai Tais und Mutters ›figurbetontem‹ Retrokleid, das ich ihr zuliebe anziehen musste, mit den kotilgischen Maßen einer Pyramide: 60-90-120. Dem Kleid ist es noch schlimmer ergangen als mir. Der betrunkene Typ, mit dem ich in der Frustnacht herumgezogen bin, hat es mir bei sich zu Hause vom Leibe gerissen, am Kamin angesengt und sich gleich hinterher darauf übergeben. Das bringt mich auf eine Idee.

»Ich werde mich entstellen und verkleiden«, sage ich.

»Entstellen? Sicher! Lege dir fünfzig Kilo zu, rasiere dir den Kopf kahl und lass dir ein paar Warzen im Gesicht wachsen!«

»Das mit den Warzen ist gar nicht mal so schlecht. Denke nur an Corinna Zinn!«

»Nein, danke. Ein Warzenschwein ist wohl das Letzte, woran ich am Ende einer harten Woche im Zoo denken will.« Julias Zoo-Kollegen, wie sie die Leute aus ihrem Architekturbüro nennt, sind ein Kater, eine Füchsin, ein Esel und ein Schwein, vormals Warzenschwein.

»Hättest du es jemals für möglich gehalten, dass Corinna dir den Freund ausspannt, so wie sie aussah?«

»Ich verstehe nicht, was Corinnas Verwandlung mit dir zu tun haben könnte?«

»Ganz einfach! Du musst nur den umgekehrten Weg gehen.«

»Okay, du kannst dich so unmöglich anziehen wie sie vor der Verwandlung. Was machst du aber mit deinem süßen Vermeer-Mädchengesicht mit Diamantohrring? Lässt du dir ein paar Warzen mit Extension implantieren, die Nase zertrümmern und die Lippen aussaugen? Wärst du ein Mann, hättest du es einfacher. Eine hässliche Brille, eine Idiotenfrisur und ein Rauschebart würden schon reichen.«

»Haare, das ist es!« Ich halte mir zwei dicke Haarsträhnen über die Augenbrauen.

Julia schüttelt den Kopf. »Nee, das reicht nicht.«

»Wie wäre es mit einer billigen Kunsthaarperücke mit kurzen Löckchen? Ich könnte versuchen, wie Großmutter Kotilge auszusehen.«

»Die, deren Photos du als Kind alle vernichtet hast?«

»Das hättest du auch getan, wenn man dir erzählt hätte, Mädchen, die nicht baden wollen, sehen später so aus.«

»Du hast zu oft *Tootsie* gesehen. Das klappt nie.«

»Unterschätze mich nicht! Ich bin immerhin fünf Jahre lang als verkleideter Schwan herumgelaufen. Hässliche kalikutische Hennen sind meine Spezialität.«

»Weißt du, wie viele *qualifizierte* Leute dort auftauchen werden, die jeder vernünftige Mensch ohne drei Punkte auf dem Arm sofort als solche erkennt?«

»Genügend, wenn Eitelkeit nicht eine der am weit verbreitesten Charakterschwächen der Menschen wäre. Wie viele Frauen würden schon zugeben, dass sie absolut unscheinbar sind?«

»Keine.«

»Was folgern wir daraus?«

»Dass außer dir niemand sonst so blöd sein wird, sich zu bewerben?«

»Genau! Her mit dem Telefon!«

Ein Herr Braun meldet sich.

»Kotilge ist mein Name, ich rufe wegen der Stelle an.« Weiter komme ich nicht.

»Vorstellungsgespräch ist heute Abend um sieben in der Pestalozzistraße 11. Haben Sie das?« Aufgelegt.

Männer sprechen im Durchschnitt etwa 3.000 Wörter täglich, Frauen 7.000. Dieser Unterschied lässt sich aus der Lebensweise unserer Vorväter erklären, die einen Grossteil ihrer Zeit jagten und still sein mussten, um das Wild nicht zu verscheuchen. Nach einer Londoner Studie haben Männer, die zu viel sprechen einen höheren Testosteronspiegel. Nach der Annonce und der knappen Redezeit hatte dieser Herr Braun eher zu wenig männliche Hormone, was für mich natürlich nur von Vorteil sein konnte.

»Und?«

»Ich habe einen Termin, heute Abend, um sieben. Wie du siehst, meine Chancen stehen nicht schlecht. *Bibbidi-Bobbidi-Boo,* aus der Prinzessin wird eine *Cinderella.*«

»Eher ihre Stiefschwester Anastasia, wenn das klappen soll. Ich halte das Ganze für eine Schnapsidee. Wenn ich du wäre, würde ich mich als Schaf verkleiden, meinem Vater auf den Rücken springen und mich von ihm nach Hause tragen lassen.«

»Negativ! Versprichst du mir, heute früher da zu sein? Du musst dir unbedingt das Resultat meiner Verzauberung anschauen.«

»Worauf du dich verlassen kannst. Meinst du, ich lasse mir die Verwirklichung eines meiner gemeinsten Träume entgehen?«

Julia, die schon dreißig und ein wenig zu klein ist und außerdem einen ständigen Kampf mit den wuchernden Zellen auf ihren Hüften und den Abkömmlingen des *dermatophagoides pteronyssinus* (Staubmilbe) führt, die sich zurzeit als einzige in ihrem leeren Bett ungezügelt paaren und vermehren, macht kein Geheimnis aus ihrem Neid. Bevor sie ins Bad verschwindet, ruft sie mir zu: »Weißt du schon, welche Farbe die Perücke haben soll?«

»Schwarz.«

Shopping des Grauens! Nachdem ich in den normalen Geschäften nicht das Richtige finden konnte, bin ich in einem türkischen Second-Hand-Bazar gelandet, wo eine fassungslose über Kamele und blonde Frauen faselnde Verkäuferin verzweifelt versucht hat, mir die hässlichen Sachen vom Leibe zu reißen, und mich mit Händen und Füßen zum Kauf eines Bauchtanzkostüms überreden wollte. Als ich dann am Abend komplett umgestaltet Julia die Tür öffne, ruft sie entsetzt: »Nee! *Shittidi-Shottidi-Shoo!* Die gute Fee hat wohl den falschen Spruch benutzt.«

»Ich bin spät dran. Sag schon! Wie sehe ich aus?«

»Schrecklich! Wie die Tochter von Mrs Doubtfire und Groucho Marx. Woher hast du das Zeug im Gesicht? Es sieht richtig echt aus.«

»Na, woher wohl? Aus Simons Requisitenkiste, natürlich!«

»Genial, bis auf das dreikarätige Ding im Ohr. Das passt nicht zu dir, ich meine zu ihr.«

»Siehst du? Es geht schon los. Genau deswegen bleibt das Ding drin. Es soll mich daran erinnern, wer ich bin und mich vor Identitätsverlust schützen. Gib mir die Schlüssel! Ich brauche das Auto.«

»Fang! Komm aber erst *nach* Mitternacht zurück, hörst du? Sonst macht womöglich die bescheuerte Fee aus meiner Kiste noch einen Kürbis.«

Es schneit wie verrückt. Ich fädele mich in eine Kolonne von Blechschnecken mit Zuckerwattehüten ein und komme natürlich zu spät. Die Nummer 11 ist ein Haus im Jugendstil, ähnlich groß wie das meiner Eltern, umgeben von einem ebenso großen Garten, im Moment im Schnee versunken.

»Calliel, hat Julia vielleicht gesagt, du sollst mir genau das Gleiche zurückgeben, was ich verloren habe? Hoffentlich ist unter dem Schnee kein reinigungsintensiver Pool wie bei uns, und hoffentlich hat der gute Mann einen Gärtner, denn von Pflanzen verstehe ich noch weniger als vom Kochen!«

Der gute Mann ist ein Doktor. Calliel sei Dank, kein Mediziner! Auf dem Schild steht: Dr. Norman Braun, Lebensberater. Netter Beruf, wenn sonst nichts mehr geht. Krisen- und Beratungsbedarf gibt es überall zuhauf.

Wie ich vermutet habe, ist keine Schlange vor dem Haus und in dem frischen Schnee kann ich neben meiner

Spur nur noch eine einzige entdecken. Ich klingele. Meine Hände schwitzen, mein Herz klopft, die Perücke kratzt, der Kunstfaserrock ist elektrostatisch geladen und klebt bei jedem Schritt rauschend zwischen den Beinen. Ein Mann Mitte dreißig – schwarzes Brillengestell, schwarze Haare, schwarzer Rollkragenpullover, graue Hose – öffnet die Tür, während ich auf allen Vieren kreisele.

Bevor mein Längsspagat eine gerade Linie bildet, fängt er mich freundlicherweise auf.

»Uff! Das war knapp. Wenn Sie eine intakte Haushälterin wollen, sollten Sie lieber streuen.«

»Unglaublich, aber wahr! Noch jemand, der sich traut«, sagt Herr Braun.

Warum hat er nicht gleich gesagt: ›Noch jemand, der keinen Funken Stolz hat.‹

In einem Arbeitszimmer, so groß wie Julias ganzes Stockwerk, sitzt in der Tat eine Frau. Alter undefinierbar, zwischen fünfundvierzig und fünfundsechzig. Eine von diesen Menschen, bei denen die Zeit ein einziges Mal im Leben zuschlägt, sie für immer zeichnet und gleich darauf vergisst. Dunkel, klein und ausgemergelt, mit einem dünnen Oberlippenbart, hervorquellenden Augen und schütterem Haar. Julia, die in jedem Menschen auch ein Tier sieht, hätte gleich von einer Ähnlichkeit mit einem kranken, ausgetrockneten Seehund gesprochen. Eine gefährliche Konkurrenz für mich!

»Das wäre im Moment alles, Frau Schimmel«, sagt Herr Braun und begleitet sie hinaus. Der Seehund robbt hinterher und korrigiert ihn mit einer kleinen, kraftlosen Stimme, wie kurz vor dem Eingehen: »Schiemel, ich heiße Schiemel.«

So jemanden kann man nicht einstellen, nicht mit gutem Gewissen. Der Staubsauger wiegt mehr als sie.

Während ich allein bin, sehe ich mich ein wenig um. Wow! Bücher, Bücher und noch mehr Bücher, sogar die richtigen für mich. Nicht nur Geld, Auto und Wohnung, auch Nachschlagewerke. Mir fällt gleich auf, dass sie nicht nach Alphabet, Verlagen, Farbe oder Höhe geordnet sind. Meine Bücherregale sehen fast ähnlich aus, und wenn ich ein Buch brauche, muss ich auf Schatzsuche gehen. Sie sind sowieso merkwürdige Orte, wo in der Stille der Nacht ungeahnte Verbindungen eingegangen werden. Plötzlich heiratet Bridget Jones Gregor Samsa, zieht mit ihm nach Mont-Oriol, wo sie Käfer züchten und ergründen, was die Welt im Innersten zusammenhält. Bei der Menge frage ich mich aber, wie Herr Braun überhaupt etwas finden kann. Nach längerem Hinsehen erkenne ich dann doch sein System: Sie sind nach dem Geburtsjahr der Autoren geordnet. Absolut hirnrissig! Ich nehme eins in die Hand, das quer auf den anderen liegt.

»Viel zum Staubwischen.« Norman Braun steht plötzlich hinter mir.

Erschrocken schiebe ich Schopenhauer geburtsjahrgemäß zwischen Hegel und Nietzsche.

»Ich sagte Staubwischen, nicht Aufräumen. Falls Sie hier arbeiten wollen, Finger weg von meinen Büchern!«

»Oh, habe ich das Buch falsch eingeräumt? Ich dachte, es gehört in die kleine Lücke.«

»Zufällig war es richtig.«

»Sie wollen sicher sagen, dass ich mehr Glück als Verstand habe.«

»So kann man es auch ausdrücken. Nehmen Sie bitte Platz, Frau …?«

»Kotilge, Sole … Sole wie Sonne. «

Dieser Mann ist ein Lebensberater? Er sollte sich lieber selbst beraten lassen, über Takt. Ich öffne die dreiviertellange Jacke mit den fußgroßen Schulterpolstern. Darunter schauen ein wadenlanger Plisseerock, eine Kirchenchorbluse und eine gestrickte Weste mit Noppenmuster heraus. Karamellfarbene Stützstrumpfhosen, Halbstiefel mit Pelzrand vom Typ Hausschuh, Woody Allens Brille, kurzes, schwarzes Haar, buschige angeklebte Augenbrauen und eine dicke bewachsene Warze auf der Wange, runden das Ganze ab. Ich setze mich auf den Stuhlrand wie ein Huhn auf der Stange und bemühe mich, den Rock zu glätten. Das unechte Ding lädt sich noch mehr auf, knistert, bläst sich wie ein Luftballon auf und hebt ab.

»Sole?«, sagt der Mann ziemlich überrascht. »Man hat *Sie* wie die Sonne genannt?«

Tja! Wer Licht in so viel Dunkelheit bringt, verdient einen strahlenden Namen. Allerdings hat er mein Leben eher überschattet. Wer heißt schon unbeschadet wie ein Himmelskörper, selbst wenn Sole auf Italienisch netter klingt als Sonne? Warum nicht gleich Venus? Wäre ich ein strammer Junge geworden, wie hätten sie mich genannt: Mars? Jupiter?

Während meine linke Hand den fliegenden Rock zur Landung zu zwingen versucht und die Rechte über das falsche Haar streicht, gebe ich ihm recht: »Ich weiß, Luna Nera hätte besser zu mir gepasst. Meine Eltern sind hoffnungslose Optimisten. Ich nehme es mit Humor.«

»Es gibt auch keine bessere Form, mit dem Leben fertig zu werden als mit Humor.«

»Doch, mit Humor und Liebe. Mit der Liebe habe ich aber ehrlich gesagt wenig Glück. Die Männer machen sich nichts aus mir, was ich ihnen nicht verdenken kann. Die Schönheit einer Frau besteht in dem Grad des Verlangens, das sie bei einem Mann auslöst. Das Einzige, was ich bei ihnen auslöse, ist das Verlangen, in Ruhe gelassen zu werden.«

Ich beende meinen kleinen Vortrag mit einem Seufzer und einem einstudierten zahnlosen, garantiert wirkungslosen Lächeln aus meiner Spangenzeit.

»Womit Sie für mich genau die Richtige sind. Bis auf eines ...«

Wenn ich wirklich diejenige wäre, die ich spiele, würde ich vor Wut erröten. Mit Entsetzen spüre ich, wie mir tatsächlich die Röte ins Gesicht schießt. Unglaublich, wie schnell eine Rolle abfärben kann! »Und das wäre?«

»Sie scheinen nicht gerade das zu sein, was ich mir unter *einfach* vorstelle.«

Bingo!

»Wie einfach möchten Sie mich haben?«

»Einfach genug, um nicht über meine Arbeit reden zu wollen oder meine Bücher anders zu ordnen, wie einige profilneurotische osteuropäische Studentinnen vor Ihnen. Sie studieren hoffentlich nicht?«

Im Hinblick darauf, was Vater und Mutter von meinem Studium halten, schüttele ich mit gutem Gewissen den Kopf. Für sie kommen Psychologen direkt nach Astrologen. Als hätte er meine Gedanken gelesen, fragt er mich, womit meine Eltern ihren Lebensunterhalt verdienen. Auf die Frage war ich natürlich nicht vorbereitet.

»Warum wollen Sie das wissen?«

»Man kann nicht vorsichtig genug sein. Die Eltern meiner letzten Haushälterin saßen im Gefängnis, wegen Organhandel.«

Da ich ihm schlecht erzählen kann, dass meine Eltern hier und da auch ein paar Organe entfernen, habe ich sie kurzerhand zum Putzpersonal des Elisabethen-Krankenhauses deklassiert. Hätte ich ihm vielleicht sagen sollen, dass Vater dort Chefarzt der Chirurgie ist und Mutter Oberärztin der Gynäkologie?

Er starrt mich wieder an, viel zu lang, was mich so verunsichert, dass ich vor lauter Verlegenheit die Haare meiner Warze zwirbele und das Ding beinahe abreiße.

»Verstehe! Eine Familie mit Putztradition. Wie alt sind Sie eigentlich?«

»Fünfundzwanzig.«

»Sie sehen älter aus.«

Vielleicht sollte ich meine Perücke abnehmen, ihm damit den Mund stopfen und gehen.

»Wie steht es mit Kochen?«

»Meine Enchiladas in Zucchinisahne und die italienische Salviatica sind einfach Spitze.« Mit der Frage habe ich natürlich gerechnet und sicherheitshalber einige von Julias Kochbüchern gelesen.

»Wissen Sie, wie man eine Samtjacke abbürstet?«

Wie gut, dass Julia mir dazu geraten hat, auch *Wurzelbürste und Sodaseife* zu lesen.

»Am besten lässt sich Samt mit einem anderen Stück Samt bürsten. Etwas anfeuchten und gegen den Strich reiben, so bekommt man auch Druckstellen weg.«

»Eine Flanellhose bügelt?«

»Von links mit einem feuchten Tuch.«

»Ölbilder reinigt?«

»Mit der Schnittfläche einer Kartoffel.«

»Nicht schlecht! Frau Schimmel wollte hundert Jahre Patina mit Ajax und Kratzschwamm wegscheuern.«

»Verstehe, kleiner Test. Habe ich die Hauswirtschaftsprüfung bestanden?« Der verdammte Rock will keine Ruhe geben und hat sich nun fest um meine Beine zusammengezogen, wie eine Einfriertüte in einem Vakuumverpackungsgerät.

»Sie sollten etwas tragen, das weniger betriebsam ist«, sagt Herr Braun.

»Keine Sorge! Falls Sie mich anstellen, verspreche ich

ihnen, nur stille Hosen zu tragen. Wie stehen übrigens meine Chancen?«

»Nicht schlecht.«

Er steht auf, läuft zum Schreibtisch, breitet die Arme darauf und sagt gewichtig: »Frau Kotilge, mein Arbeitsplatz ist hier. Das heißt, ich werde die meiste Zeit zu Hause sein. Was ich brauche, ist *absolute* Ruhe und jemanden, der so gut wie *unsichtbar* ist. Eine Bedingung, die viele abgeschreckt hat. Fühlen Sie sich dieser Aufgabe gewachsen?«

Unsichtbar? Aha! Doch ein Druckfehler! Verdammt, die ganze Verkleidung war völlig umsonst. Das, was ich dann von mir gegeben habe, kann man nur als eine Folge von Frust und verzweifeltem Übermut bezeichnen.

»Kein Problem! Ich werde einen undynamischen Tarnanzug aus Metamaterial tragen.«

»Metamaterial?«

»Ja, wie bei den Romulanern und Klingonen. Sie werden es nicht glauben, aber es gibt tatsächlich Forscher, die Objekte durch eine plasmonische Beschichtung transparent machen wollen. Allerdings funktioniert ihr Ansatz nur für Licht einheitlicher Wellenlängen und bei sichtbarem Licht nur für mikroskopisch kleine Objekte.«

Absolut bescheuert! Der Mann sucht eine einfache Putzfrau und keine Wissenschaftlerin.

»*Planet Wissen,* kommt im WDR, sehr interessant«, füge ich schnell hinzu. Er nimmt wieder Platz.

»So, so. Nach dem Pisa-Schock Wissensmagazine als Quotenbringer für Leute, die nicht lesen können.«

Was für ein Mistkerl! Sein Gesicht hätte ich sehen wollen, wenn ich ihm erzählt hätte, dass ich gerade *Elemente der Psychoanalyse* von Wilfred Ruprecht Bion durcharbeite. Das passt aber nicht zu meiner Erfindung. Kotilge Nr. 2 soll trotzdem etwas alphabetisiert werden, und deswegen erzähle ich ihm, dass ich ab und zu sogar ein richtiges Buch lese.

»Interessant! Darf ich fragen, was?«

Schnell zermartere ich mir mein Hirn, um etwas Passendes für Kotilge Nr. 2 zu finden, und habe eine Eingebung.

»*Wenn der Postmann gar nicht klingelt.*« Julias gehässige Schwester hat ihr das Buch geschenkt.

Der Mistkerl beugt sich nach vorne und sagt mir unverschämt ins Gesicht: »Eine gute Wahl.«

Ich wollte ihm gerade sagen, dass er ein eingebildeter, unsensibler Flachwichser ist, da kommt er mir so gefährlich nah, dass ich zurückschnelle und wie eine erschlagene Schnake an der Rückenlehne klebe.

»Frau Kotilge, Sie werden nicht versuchen, mich unsittlich zu belästigen, oder?«

Oh Gott, und ich habe schon gedacht, meine Tarnung wäre aufgeflogen. Okay! Das extra schwarze Wort ist doch *kein* Druckfehler. Kotilge Nr. 1 möchte am liebsten antworten: ›Nicht einmal unter Drogen!‹ Kotilge Nr. 2 aber, die einen Job braucht, fragt mit der Selbstironie eines George Bush, der gesagt hat, dass man zu den eigenen Schwächen stehen soll, wenn sie nicht unbemerkt bleiben können: »So wie ich aussehe? Ganz im Ernst, können Sie sich das überhaupt vorstellen?«

»Können ja, wollen nicht. Doch einige ihrer Vorgängerinnen, die entsprechend aussahen, haben nichts unversucht gelassen, mich davon abzuhalten, mein Buch zu schreiben. Vielleicht verstehen Sie jetzt meine etwas ungewöhnliche Annonce.«

Ach so! Plötzlich klingt alles für mich recht einleuchtend und nicht mehr so abartig. Ich beruhige ihn: »Keine Sorge, Sie und Ihre Bücher sind vor mir absolut sicher. *Sicher* in Fettdruck, natürlich. Hier, meine Referenzen.«

Ich reiche ihm eine zwei Seiten lange Selbstempfeh-
lung, unterschrieben von Frau Babette Düll, die einge-
weiht ist und falls er auf die Idee kommen sollte, sie
anzurufen, mit gutem Gewissen alles bestätigen wird.
Schließlich hat Biba das ›Wie-werde-ich-ein-fleißiges-
Stubenmädchen-Spiel‹ jahrelang mit mir gespielt. Leider
bin ich über Staubwischen, Silber polieren, Pflanzen
gießen und Wäschefalten nicht hinausgekommen. Es
wäre besser gewesen, sie hätte mit mir das ›Wie-werde-
ich-eine-gute-Köchin-Spiel‹ gespielt. Herr Braun über-
fliegt die Blätter nur kurz und gibt sie mir zurück.

»Die brauche ich nicht«, sagt er, äußerst kompetent und
ziemlich herablassend. »Wenn man ständig mit unsiche-
ren Menschen zu tun hat, die keine Initiative ergreifen
können und von anderen einen Stoß erwarten, ist man
froh, auf jemanden zu treffen, der genau weiß, was er
will und wo er hingehört. Ich denke, ich werde die Sonne
dem Schimmel vorziehen und es mit Ihnen probieren.
Wann können Sie anfangen?«

»Übermorgen?«

»Erzähle!«, drängt Julia und macht mir zwischen einer
Packung Puffreis, einer Tüte Gummibärchen, einer
Schüssel getrockneter Apfelringe und noch einigen anderen farbverdächtigen, verschrumpelten Produkten aus
dem Bioladen auf dem Sofa Platz. Julia ist verliebt. Da
steigt der Konsum von Süßigkeiten enorm. Sie ist in
Remo verliebt. Remo ist Italiener und kein Vegetarier.
Sie hat ihn im Supermarkt um die Ecke gesehen und eine
Zeitlang mehrmals am Tag eingekauft, so dass der Kühlschrank platzte und manches, was dort vergammelte,
sogar Beine oder Kiemen hatte.

Als er endlich wieder aufgetaucht ist, hat sie auf Rat

von Bagdial, einem dicklichen Schutzengel, absichtlich einen Einkaufswagencrash provoziert, ihm ihre Visitenkarte gegeben und gesagt: »Für die Versicherung.«

Es hat funktioniert. Sie sind ins Kino gegangen und waren im Jazz-Keller, um seinen besten Freund zu hören, der Klarinette spielt. Dann hat sie ihn zum Essen eingeladen. Es gab Selleriecremesuppe, Buchweizensalat, Tofu-Wirsing-Roulade und zur Abrundung Ricotta-Lebkuchen-Soufflé. Mittendrin fängt er an, von seinen selbst gemachten Bratwürsten zu erzählen. Davon, wie er das Fleisch in winzige Stückchen mit dem Messer hackt, mit wildem Fenchel würzt und mit bloßen Händen in einen dicken Trichter stopft, dem er ein zwei Meter langes Schweinedarmkondom übergezogen hat. Julia ist schlecht geworden. Seitdem ruft er sie nicht mehr so oft an. Sie dagegen versucht es ständig, je nach Stimmungen und Himmelsbotschaften.

In diesen Phasen ist nur eines beständig: Locker sitzende Tränen, Hunger auf Süßes und Wodka pur.

Ich nehme den Persianerdeckel ab und schleudere ihn durch das Zimmer. Mein eingesperrtes Haar platzt heraus, wie ein Blumenstrauß aus Simons Zauberhut.

»Halt dich fest! Es hat geklappt. Ich habe den Job! 850 Euro, ein schnuckeliges Appartement über der Garage mit Blick auf den Garten, einem richtigen Bett und einem funktionierenden Auto ganz allein für mich.«

Darüber scheint Julia nicht besonders glücklich zu sein.

»Sag bloß, er hat nichts gemerkt!«

»Nein, nichts! Zum ersten Mal in meinem Leben hat mich ein Mann nicht angeschaut, als wäre ich ein Sahnetörtchen, oder mich wegen meiner Ähnlichkeit mit einem gewissen Bild und neuerdings auch einer gewissen

Schauspielerin genervt. Was für ein befreiendes Gefühl!«

»Wie sieht ein Mann aus, der so etwas wie *dich* um sich haben möchte?«

»Nicht wie jemand, der ansonsten keine Frauen mag. Er mag sie nur im Moment nicht. Er schreibt ein Buch und möchte dabei nicht abgelenkt werden.«

»Das heißt, er ist ein attraktiver, normaler, vorläufig abgestellter Mann?«

»Attraktiv? Vielleicht, wenn man auf eine Mischung zwischen Arthur Miller und Hugh Grant steht. Normal? Nein.«

»Würdest du ihn vernaschen wollen?«

»So wenig wie du eine mit Speck gefüllte Rinderroulade. Er ist ein arroganter, impertinenter Blödmann, der mir den Job gegeben hat, nur weil ich hässlich bin.«

»Nach einem Jahrhundert Feminismus wäre es umgekehrt weitaus schlimmer. Wann verlässt du mich also?«

»Am Sonntag, und ich habe nichts anzuziehen.«

»Wie immer.«

»Gehst du morgen mit einkaufen?«

»Via Montenapoleone, Avenue Montaigne oder Sloane Street?«

»Bahnhofviertel.«

2 ♂

Mein Name ist Norman Braun. Ich bin dreiunddreißig Jahre alt, habe eine Internatserziehung genossen und besitze vortreffliche Manieren. Ich bin ein etwas exzentrischer, vegetarischer, rosenzüchtender Philosoph, weiß immer, wo meine Schlüssel sind, in meinem Kleiderschrank befindet sich nichts, was ich nicht mehr anziehe und ich ordne meine Bücher nicht nach Alphabet, sondern nach dem Geburtsjahr der Autoren. Ich besitze ein Haus und genug Geld, um nur dann zu arbeiten, wenn sich jemand im Internet auf meine Webseite verirrt. Hätte ich hervorragend geerbt anstatt nur gut, könnte ich mir einen Butler von der Ivor Spencer School in London leisten. Das Versicherungsgeld, das ich nach dem tragischen Absturz des Heißluftballons, mit dem meine Eltern ums Leben gekommen sind, erhalten habe, und das Erbe reichen aber gerade so für ein einfaches Hausmädchen.

Am liebsten tue ich überhaupt nichts, außer lesen, Musik hören, nach Erstausgaben meiner Lieblingsautoren suchen und schreiben, was mich nicht zu einem ausgesprochenen Frauentyp macht. Und doch, vermutlich gerade deswegen, versucht über kurz oder lang jede Frau, meinem Leben den *richtigen* Sinn zu geben. Nicht nur die Intellektuellen unter ihnen, sondern auch solche, die ansonsten mit Männern ausgehen, die Armani tragen, Ferrari fahren und in Feinschmeckerlokalen essen, wo Trüffel am Tisch über die handgemachten Nudeln gerieben werden.

Morgan Scott Peck behauptet, dass die Liebe nach der Entliebtheit beginnt. Doch nach der Entliebtheit beginnt bei mir nur eine neue Verliebtheit, die nach so vielen sich nicht wesentlich von der davor unterscheidet. Und so habe ich mir, als ein Experte in Lebensfragen, der von einem permanenten Déjà-vu verfolgt wird, eine beziehungsfreie Zeit verordnet, in der ich aus mehr als dreihundert Seiten Notizen, die ich seit fünf Jahren gesammelt habe, ein Sachbuch schreiben will. Dazu brauche ich nichts als Ruhe und lückenlose Versorgung. Wenn schon ein sexfreies und arbeitsintensives Leben, dann wenigstens ein rundum behagliches.

Nach vielen Fehlversuchen scheine ich endlich die richtige Haushaltshilfe gefunden zu haben. Sole Kotilge wird sich mit Sicherheit weder in meine Arbeit einmischen, noch mich auf andere Gedanken bringen, wie diese Agnieszka, die anstatt zu putzen, mit offener Bluse und Stöckelschuhen über Stanislaw Lem diskutieren wollte.

Nein, so wie diese Frau aussieht, habe ich nichts zu befürchten. An Dysmorphophobie scheint sie jedoch nicht zu leiden. Sie schmückt sich. Hätte ich eine Spur von Minderwertigkeitskomplexen bei ihr bemerkt, würde ich ihr den kostenlosen Rat geben, sich gleich eine andere Freundin zu suchen. Eine kleine hübsche Person diese Julia, mit der Sole Kotilge gestern hier aufgetaucht ist, nicht perfekt aber unter den Schlechten erscheint selbst der Mittelmäßige als der Beste. Als wir einander vorgestellt wurden, habe ich ihre Hand so lang in meiner gehalten, bis sie errötet ist. Eine schüchterne Frau! Heutzutage eine wohltuende Seltenheit. Ich wollte gerade einen Schritt weiter gehen, als mein Hausmädchen energisch nach dem Schlüssel ihrer Wohnung verlangte und mich davor gerettet hat, all meine guten Vorsätze zu vergessen.

»Schlüssel? Ja, sicher! Soll ich helfen?«, habe ich zu Julia gesagt.

»Bemühen Sie sich nicht!«, hat sie mit einem verlockenden Lächeln geantwortet. »Wir schaffen das schon.

Mit dem Koffer in der Hand ist sie dann ihre ein wenig zu breiten Hüften schwingend die Treppe hochgetänzelt, und ich habe niesen müssen, was nach Einschätzung von britischen Ärzten ein Hinweis darauf sein könnte, dass ich gerade an Sex gedacht habe. Schuld an dem Phänomen sollen durcheinander geratene Signale im autonomen Nervensystem sein, ein entwicklungsgeschichtliches Überbleibsel vermutlich.

3 ♀

Heute bin ich bei Norman Braun eingezogen. Julia hat mich gefahren. Kaum in der Wohnung, wirft sie sich auf das Bett und bricht in Tränen aus. Tränen am Wochenende, weil das Telefon kein einziges Mal geklingelt hatte, sie nur herumgehangen, Apfel-Zimt-Riegel, Schoko-, Sesam- und Malzwaffeln gefuttert hatte und sie am Montag wieder die Notstretchhose anziehen muss, kenne ich, aber diese Tränen sind anderer Natur.

»Julia, was ist mit dir los?«

»Ich kann einfach nicht alleine sein«, schnieft sie. »Das ist schon gar nicht mehr normal. Ich brauche ständig jemanden in meiner Nähe. Mit dir bin ich richtig glücklich gewesen, glücklicher sogar als mit diesem Mistkerl, der mich schon nach vier Wochen für ein Warzenschwein verlassen hat.«

»Und jetzt verlässt dich ein Warzenschwein für einen Mistkerl.«

»Ach, Sole! Wer soll mich jetzt trösten, gratis therapieren und mit mir stundenlang über Remo reden. Wer versteckt die Schokolade und findet mein Asthmaspray? Ohne dich werde ich vermutlich ersticken oder an Liebeskummer und Diabetes eingehen.«

»Dafür bleibt dein Kühlschrank länger am Leben. Hast du nicht gesagt, ich würde ihn verseuchen? Nun komm schon! Wir haben abgemacht, dass ich am Wochenende immer bei dir schlafe und ich verspreche, dich jeden Tag durch das Telefon zu trösten und zu therapieren.«

»Durch das Telefon therapieren? So wie dein blinder Tierflüsterer, der die Depressionen von deinem Wellensittich heilen wollte? Das klappt nicht. Der Vogel ist schon nach dem dritten Anruf tot umgefallen.«

»Hör mal! Ich muss mich jetzt hier kurz zurechtfinden. Wenn alles geklärt ist, bin ich frei. Wir gehen mit Simon aus und machen uns einen lustigen Abend.«

»Mit Simon? Das wird nicht lustig. Dann muss ich mir wieder anhören, dass jemand, der sich im Kino nur die Filme anschaut und im Jazz-Keller nur seinem Freund zuhört, nicht anruft und meine SMS nicht beantwortet, entweder schwul ist oder mich nicht attraktiv genug findet.«

»Du, unattraktiv? Hast du nicht gemerkt, wie Norman Braun dich angesehen hat?«

»Ja, zum ersten Mal. Neben dir passiert mir das nicht sehr oft. Würdest du *du* sein, hätte er nur Augen für dich. Ich finde übrigens, dass er gar nicht wie eine Speckroulade aussieht, eher wie eine leckere Wirsingrolle mit Pilzfüllung. Meinst du nicht?«

»Ich mag keinen Wirsing. Also, 19 Uhr im Bistro, abgemacht?«

»Nein, im *Storchennest* und ohne Simon, und du kommst so wie du jetzt bist, könnte sein, dass Remo auch da ist. Ich habe ihn vorgestern dort gesehen, ganz kurz. Ich bin ziemlich sicher, dass er es war. Er hat mich nicht bemerkt, glaube ich. Vielleicht hat er mich auch nicht bemerken wollen. Oder was denkst du?«

»Können wir das Analysieren auf später verschieben?«

»Okay. Vergiss nicht, alles, was dich verraten könnte, zu verstecken! Wenn Norman Braun dahinter kommt, dass du studierst, bist du gefeuert.«

»Mache ich.«

»Schreibe auf, was er gerne isst, dann mache ich dir heute Abend einen Speiseplan mit Einkaufsliste und genauer Kochanleitung.«

»Darf ich dich auch bei brennenden und anbrennenden Fragen anrufen?«

»Eine Koch-Hotline? Gute Idee! Darf ich heute Abend einen deiner 200-Euro-Pullis tragen?«

»Du darfst. Gehe jetzt ins Bad und wische dir die Wimperntusche ab. Du siehst aus wie ich in meiner schlimmsten Gothiczeit.«

»Ich wette, du hast selbst damals nicht wie Alice Cooper ausgesehen.«

Als Julia gegangen ist, packe ich aus. Gott sei Dank gibt es eine verschließbare Kommode! Dort werden der Laptop, die Bücher und meine Unterwäsche vor Norman Braun sicher sein. Sexentzug ist gefährlich! Vielleicht steckt er irgendwann seine Nase sogar in die Unterwäsche seiner hässlichen Haushälterin ... Nein! Niemand ist so abartig! Er könnte aber aus Neugier meine Sachen durchstöbern und dann wäre er mit Sicherheit verwirrt, denn ich habe nicht die verblichene, ausgeleierte Gammelwäsche mitgenommen, sondern die schönste und teuerste, die ich besitze, damit ich mich mit einem blauen Stringtanga von *La Perla* unter der Verkleidung ein bisschen wie Clark Kent, alias *Superman,* fühlen kann.

Den Rest, eine Menge scheußliches Zeug, lege ich in den Schrank, vor dem ich trotzdem stehen und mich fragen werde: ›Was ziehe ich heute an?‹ Von diesem Dilemma ist man eigentlich nur durch einen *Dschilbab* befreit. Wäre ich damit aufgekreuzt, hätte ich es einfacher und billiger haben können.

Allah sagt: Frauen sollen ihre Schönheit vor niemanden enthüllen als vor ihren Gatten oder Vätern oder den Vätern ihrer Gatten oder ihren Söhnen oder den Söhnen ihrer Gatten oder ihren Brüdern oder den Söhnen ihrer Brüder oder den Söhnen ihrer Schwestern oder denen, die keinen Geschlechtstrieb haben. Mit etwas Sinn für Synthese hätte man auch sagen können: Nur vor Verwandten und Eunuchen und so wie Norman Braun Julia angeschaut hat, auf keinen Fall vor ihm.

4 ♂

Als ich höre, wie Sole Kotilge die Treppe herunterkommt, wird mir endgültig klar, dass ich mein Konzept von Territorialität ändern sollte. Mein Haus, ein gut abgegrenztes und markiertes Revier, über das ich bis jetzt als einziger verfügen konnte, werde ich mir nun mit einer Vertreterin der Spezies Turpissima teilen müssen. Sie klopft an, nicht besonders zart, und ruft: »Darf ich?«

»Ja, aber boxen Sie nicht gegen die Scheibe, bitte! Das ist kein gewöhnliches Fensterglas«.

»Sorry! Jugendstil, ich weiß, kommt nicht wieder vor.«

Ich kann mir denken, woher diese Frau ihre Stilkenntnisse hat. »Schon gut! Nehmen Sie Platz und lesen Sie das.«

Ich habe für sie einen Tagesplan aufgeschrieben und mir vorgenommen, ihr genaue Einweisungen zu geben, über Putz- und Ruhezeiten, Vorlieben und Abneigungen bezüglich des Essens, Einkaufens, der Pflege meiner

Kleidung und so weiter.

Während sie laut vorliest, durch ihre schreckliche Brille, die ständig bis zu dem praktischen Prellbock auf ihrer Wange herunterrutscht, gratuliere ich mir erneut zu meiner Wahl. Die Wirkung dieser Frau auf Männer liegt in der Tat weit unter dem Gefrierpunkt.

»Frühstück um 9 Uhr, Mittagessen um 13 Uhr, Mittagsruhe von 14 bis 15 Uhr, dann eine Teepause um 16 Uhr. Abendessen um 18 Uhr … Was bedeuten die drei Fragezeichen nach 18 Uhr, Herr Braun?«

»Das Ende von meinem Arbeitstag.«

»Sie bedeuten aber auch, dass Sie nicht genau wissen, was Sie mit Ihrer Freizeit anfangen wollen.«

»Wollen Sie vielleicht mitreden?«

»Über Ihre Freizeit? Nein, nur über meine. Wenn Sie Feierabend haben, habe ich ihn auch. Ist das okay?«

»Was Sie nach 18 Uhr machen, interessiert mich nicht.«

»Darf ich das Auto auch nach Feierabend benutzen?«

»Hauptsache, Sie sind vor dem Frühstück wieder da.«

»Darf ich es heute schon haben? Ich bin mit Julia verabredet. Abschied feiern.«

»Verabredet? Mit Julia? Nun ja, und wo?«

»Wollen Sie vielleicht mitkommen?«, fragt sie frech.

Und dann schnappt sich mein neues Hausmädchen meine Autoschlüssel und macht sich mit meinem Auto davon. Umgang mit dem Personal scheint nicht gerade meine Stärke zu sein. Wer hat hier eigentlich was mit wem besprochen? Verdammt! Ich stehe auf und balanciere zehn Minuten wie ein Flamingo auf einem Fuß. Irgendwo habe ich gelesen, dass die dazu nötige Konzentration den Kopf frei von Gedanken hält, von solchen wie: Ich fahre ihr nach, um herauszufinden, wo sie sich mit Julia trifft.

5 ♀

Im *Storchennest* sitzt Simon mit am Tisch. Kein Zufall, Simon schafft es immer dort zu sein, wo wir sind. Er hat die hellblauweiße Mütze auf, die ihm viel besser steht als die rotweiße, weil die blauen Streifen genau die Farbe seiner Augen haben, die übrigens ausgesprochen schön sind. Wenn er sich endlich die Haare schneiden ließe, könnte er richtig gut aussehen. Aber das geht mich ja nichts mehr an.

»Hi! Hast du dich im Auto umgezogen?«, fragt er.

»Julia, verdammt! Solltest du nicht die Klappe halten?«

»Du kennst ihn, irgendwann hätte er eine Vermisstenanzeige aufgegeben. Außerdem hat er das Fehlen gewisser Sachen bemerkt.« Julia zuckt mit den Schultern.

»Schon gut! Worüber habt ihr sonst geredet?«

»Über einen roten Kater«, sagt Simon.

»Aha! Was gibt Neues aus dem Zoo?«

Simon mimt einen schnurrenden Kater und reibt seinen Kopf an Julias Schulter.

»Verstehe. Peter ist dir wieder um die Beine geschlichen.

»Schlimmer, er hat *getretelt.*«

»Wo?«

»Zum Glück nur auf meinem Nacken. Er sagte, ich sei verspannt und hat mich massiert. Ob ich ihn anzeigen soll?«

»Treteln als sexuelle Belästigung? Ich weiß nicht.«

Während wir uns weiter unterhalten, verliert sie den Eingang nicht aus den Augen. Woran erkennt man jemanden, der verliebt ist? Daran, dass man das Objekt der Liebe überall sucht und sieht, selbst dort, wo *es* nicht sein kann. Man bekommt ein drittes Auge, genau zwischen den anderen zwei, das ständig in Bereitschaft ist und halluziniert.

»Vergiss Remo! Er steht nicht auf dich«, stöhnt plötzlich Simon, und ich verpasse ihm einen Tritt gegen das Schienbein.

Als wir noch zusammen waren, ist er nie so rücksichtslos gewesen. Wie bei allen verlassenen Männern geistert möglicherweise in seinem Kopf die paranoide Vorstellung herum, meine beste Freundin hätte meinen Entschluss, mich von ihm zu trennen, irgendwie beeinflusst. Ein Gespräch unter vier Augen ist fällig. Da klingelt Julias Handy, laut und mit einem peinlichen Hochzeitsmarsch. Seitdem sie drei Monate über dreißig ist, verliert sie rapide die Nerven. Sie benutzt eine teure Antifaltencreme und hat ein gestörtes Verhältnis zu dem Hightech-Ding, das beinahe alles kann, von Fotografieren bis zu Mayonnaise rühren, nur nicht dann klingeln, wenn es soll.

Ihrer Meinung nach klingelt es sogar eindeutig weniger als vor dem letzten Geburtstag, und wenn es klingelt, dann rufen nie die Richtigen an. Während sie also permanent darauf wartet, dass Remo sich meldet, tut sie die merkwürdigsten Sachen, wie den Ton zu laut einstellen, sich vom Festnetz anrufen, um zu sehen, ob das Handy auch funktioniert, oder ständig die Klingeltöne ändern.

»Remo?«, frage ich.

»Nein, meine Schwester. Das Biest hat zugenommen und will sich eine meiner kleinsten Hosen ausleihen. Remo habe ich heute Morgen eine SMS geschickt und er hat nicht geantwortet.«

Zwei wahrhaft deprimierende Gründe, um gleich ins Jammern zu kippen.

»Julia, hatten wir nicht abgesprochen, dass du ihm nicht nachrennst, nicht zu viel über dich erzählst und ihm nicht zu verstehen gibst, wie es um dich steht? Habe ich dir nicht das Gleiche geraten, was der Vater von Jakkie Kennedy seiner Tochter geraten hat? Um einen Mann zu behalten, muss man immer so tun, als hätte man ein Geheimnis, schon vergessen?«

»Abgesehen davon, dass der Rat ihres Vaters bei Jakkies Mann nicht funktioniert hat – um etwas zu behalten, muss man es zuerst haben.« Simon grinst.

»Wenn ich zurückkomme, hat der Fiesling einen Maulkorb um.« Julia rauscht wütend in Richtung Toilette.

»Kannst du mir sagen, was mit dir los ist?«

Er reißt ein Stückchen von einer Papierserviette ab, schreibt etwas darauf, macht eine Minirolle und gibt sie mir.

»Was ist das? Ein Bonsai-Gedicht?«

Auf dem Papier steht nur ›Warum?‹, in sechs Sprachen.

»Warum was?«

»Warum hast du mich verlassen?«

»Weil du mich in den Wahnsinn getrieben hast, Simon.«

»Ach ja, und womit?«

»Mit deinem Mitteilungs- und Detailzwang.«

Er fädelt pantomimisch eine Nadel ein und näht sich damit den Mund zu.

»Was glaubst du, wie sehr ich mir gewünscht habe, du würdest öfter den stummen Clown spielen und lieber den Müll wegtragen, anstatt erst darauf zu warten, dass die Möwen durch die Fenster angeflogen kommen. Ich habe auch nie so genau wissen wollen, wie groß die Gummibärchentorten deiner Geburtstagskinder sind, welche Angebote es bei Lidl gibt oder wie viele Zutaten du für das Essen gebraucht hast. Manchmal habe ich gehofft, du würdest mir erzählen, das Kaninchen in Zitronensauce wäre gar kein Kaninchen, sondern die überfahrene Katze vom Nachbarn. Von deiner Fürsorge wollen wir gar nicht reden. ›Darf ich dir das Frühstück ans Bett bringen? Soll ich dir die Reifen wechseln? Die Wäsche waschen? Aufhängen? Bügeln? Die Mücken mit Zahnstochern töten?‹ Welche Frau hält so etwas aus?«

»Ich!«, rufen gleich drei am Nebentisch im Chor.

Simon nimmt ein Tröpfchen Wachs von der Kerze und klebt es unter ein Auge. Dann steht er auf und beginnt überall an seinem Körper unsichtbare Fuseln abzuzupfeln.

»Was machst du jetzt schon wieder?«

»Deine Worte herausziehen. Sie sitzen drin wie Stacheln.«

Er geht. Nebenan: verständnisloses Kopfschütteln. Dafür habe ich ihn am Anfang geliebt. Schade, dass er nur bei einer Publikumsgröße von mehr als einer Person zur Höchstleistung fähig ist.

Julia kommt zurück. »Ist er weg?«

»Ja. Ich fürchte, ich war zu hart zu ihm.« Dreifaches zustimmendes Kopfnicken.

»Gott sei Dank! Ich kann ihn im Moment überhaupt nicht gebrauchen. Schlimm genug, dass ich heute Nachmittag die Gemeinschaftsurne aus dem Skelettschrank herausgeholt und aufgemacht habe.«

Die Gemeinschaftsurne ist ein edler Schuhkarton von Prada, in dem sie die Reste ihrer Ex sammelt: Fotos, trockene Blumen, peinlich abgeschriebene und katalogisierte SMS und Valentinskarten mit Sätzen wie: *Julia, ich werde dein Felsen in der Brandung sein.* Beim ersten Sturm hat der Typ sich pulverisiert und in Karibiksand verwandelt, unter einer anderen. Oder: *Bitte, schenke mir dein Herz!* Er hat mit ihm Fußball gespielt und es ins Abseits geschossen. Oder: *Ich lege dir die Welt zu Füßen.* Das einzige, was er ihr zu Füßen gelegt hat, ist ihr Koffer gewesen, als er sie aus seiner Wohnung geworfen hat. Die Liste ist lang.

»Was hast du ihm überhaupt geschrieben?«

»Ich habe ihn nochmals zum Essen eingeladen.«

»Nachdem, was er das letzte Mal erzählt hat, hättest du ihn zu der Besichtigung einer Wurstfabrik einladen sollen.«

»Ach, Sole, für ihn könnte ich sogar zur Kannibalin werden!«

»Sag es ihm persönlich! Da kommt er, zusammen mit der Antwort auf all deine Fragen.«

Remo erscheint Hand in Hand mit einer großen, schlanken Frau, gefolgt von einer flitzenden blauen Wolke, die das Pärchen überholt, sich neben Julia hinsetzt und sie auf den Mund küsst.

Erst als die beiden um die Ecke verschwinden, lässt Simon Julia los. Sie sieht aus wie *der Schrei* von Munch.

»Tut mir Leid! Ich wollte nicht, dass der Idiot deine Enttäuschung bemerkt«, stammelt er.

»Ich wandere nach A ... A ...«, stottert sie.

»Amerika? ... Australien?«

»Genau! Dort ziehe ich durch das Outback und, wenn selbst die Schlangen und Skorpione mich nicht zum Anbeißen finden, fahre ich nach Uluru und lasse mich von den Mücken auffressen.«

Julia wird selbstverständlich bleiben und Remo in ihrer Urne begraben. Und seit dem Kuss ist sie ein wenig durcheinander, Simon übrigens auch.

6 ♂

Es gab eine Zeit, in der mir beim täglichen Bummeln durch die Innenstadt unweigerlich Bekannte oder Freunde über den Weg liefen. Fast so, als hätten sie sich alle verabredet, im *Operncafé,* bei *Zarges* in der Fressgasse, im *Club Voltaire* oder bei *Medici* am Goethe-Haus. Seitdem ich an meinem Buch schreibe, fahre ich nur noch gelegentlich ins Zentrum. An solchen Tagen fühle ich mich wie auf einer elegischen Reise.

Gestern bin ich seit langem wieder in einem Konzert gewesen. Um dem Gesetz der Begegnung zu entgehen, komme ich immer zu spät und bleibe in der Nähe der Tür, damit ich den Saal schnell verlassen kann.

Gerade als ich mich in Sicherheit wiegte, entdeckte ich doch ein bekanntes Gesicht. Tamara Haferkamp! Sie saß schräg vor mir. Letztes Jahr hatte ich ihrem Mann Max geraten, weniger zu lesen, zehn Kilo abzunehmen und sich etwas modischer zu kleiden, um seine Ehe zu beleben. Durch meine Hilfe ist Max vom Ladenhüter zum Bestseller geworden. Ein klarer Fall von unsachgemäßen Wiederbelebungsversuchen, die als Sterbehilfe funktioniert haben.

Tamara grüßte mich, und ich grüßte etwas verhalten zurück. In der Pause kam sie auf mich zu. Sie sah ziemlich vernachlässigt aus. Wenn es nicht absurd wäre, würde ich sagen, dass sie einen alten Anzug von Max trug, den er eigentlich, auf meinen Rat hin, hätte verbrennen sollen. Ich hoffte, sie würde mir nicht wieder Vorwürfe machen wie beim letzten Mal, als sie ihren fresssüchtigen und erziehungsresistenten Hund auf mich gehetzt hatte. Nach einem harmlosen Smalltalk über das schlechte Konzert sagte sie: »Geht es dir gut, Norman?«

Ich hasse diese Frage. Wenn ich den Leuten erzähle, dass es mir gut geht, höre ich von ihnen immer gleich das Gegenteil und es wird von mir erwartet, dass ich ihnen eine Gratisberatung gebe. Nein, um Missbrauch zu vermeiden, muss man gleich überbieten. Darum habe ich Herzprobleme, eine Freundin, die mich gerade verlassen hat und eine berufliche Flaute erfunden, was sie trotzdem nicht davon abgehalten hat zu sagen: »Mir geht es viel schlimmer.«

Und was habe ich geantwortet? »Tut mir Leid, das zu hören. Möchtest du darüber reden?« Was bin ich nur für ein Idiot!

Und natürlich wollte sie das: »Norman, wenn du dich nicht eingemischt hättest, würde ich nicht mit dem Gedanken spielen, Schuhe mit einem selbstlösenden Mechanismus zu kaufen, die einen Selbstmörder davor bewahren, stundenlang zu zögern von der Brücke zu springen. Erstaunlich, was man im Internet alles finden kann. Weißt du, dass Selbstmordseile angeboten werden, die geschmiert sind, damit sie ja nicht stecken bleiben? Und du wirst es mir nicht glauben, es gibt auch Hundeleinen, mit denen man das Lieblingstier mit in den Tod nehmen kann.«

Dagegen hätte ich wirklich nichts. Meiner Mitschuld bewusst und im Sinne des *pactum expiatorium* – des Abbüßungsvertrags – habe ich sie nach dem Konzert zum Essen eingeladen, was mir vier Stunden konzentrierten Weltschmerz, eine horrende Rechnung für Getränke und eine lebenslängliche Gratisberatung eingebracht hat.

Kein Wunder, dass Tamara so deprimiert ist, bei dem, was sie gerade liest: Schopenhauer, Hartmann und Nietzsche. Sie liest aber ebenso Gedichte von Lenau, Lorm, Byron, Chateaubriand und natürlich Leopardi: *Einsicht in die unfliehbahre Tristesse des Seins.*

»Wenn du so weiter Max Bibliothek besessen durchwühlst, wirst du dir genau wie Leopardi die Gesundheit ruinieren«, sagte ich. »Ich dachte, dein Mann hätte seine Bücher mitgenommen.«

»Nein, zum Lesen hat er keine Lust und keine Zeit mehr. Er sagt, die Welt würde einem alles bereithalten, was man sich unbewusst ersehnt. Hast du ihm diesen Quatsch eingebläut?«

»Ich habe nur einen meiner Lieblingsschriftsteller zitiert und ehrlich gesagt konnte ich nicht wissen, dass es Max' sehnlichster Wunsch war, ein Casanova zu werden.«

»Ist er aber, und jetzt bist du verdammt noch mal verpflichtet, auch *mir* zu helfen. Und deswegen nehme ich dein Angebot an und werde gleich morgen früh vor deiner Tür stehen. Ist dir neun Uhr recht?«

7 ♀

Als ich aufwachte, war die Welt noch in Ordnung. Die Sonne schien, die Vögel sangen richtig, und ich freute mich auf das Wochenende. Etwas später musste ich leider erkennen, dass auf die Beseitigung eines Problems die Entstehung eines neuen folgt. Es fing damit an, dass Norman Braun um acht Uhr morgens an meiner Tür klopfte, zum ersten Mal übrigens seitdem ich bei ihm bin. Achtundsechzig Tage sind inzwischen vergangen, und ich bin nicht abgesprungen, wie jeder prophezeit hatte. Norman Braun scheint mit mir absolut zufrieden zu sein, obwohl ich meine Arbeit in genau zwei Stunden und vierzig Minuten erledige. Unser gemeinsames Leben ist so gut organisiert, dass wir uns von Montag bis Freitag täglich exakt fünfundzwanzig Minuten über den Weg laufen, zwischen zehn und dreißig Worte miteinander wechseln und uns friedlich Bücher und Internet teilen. Und jeden Freitag, Punkt 18 Uhr, fahre ich zu Julia, wo ich mich in ›Super-Sole‹ verwandle.

Heute ist Freitag und ich stehe vor dem Spiegel in der ›Super-Sole-Unterwäsche‹, hin- und hergerissen zwischen der Karottenjeans und dem Zeltrock. Und es ist Frühling, die Tage werden länger, meine Kittel bunter, und ich habe die Perücke gegen luftige Kopftücher getauscht, die keine Kopfschmerzen, Schweißausbrüche und keinen hohen Blutdruck verursachen. Sie haben mir sogar ein Kompliment von Norman Braun eingebracht: »Nett, was Sie da tragen. Sie sollten auch damit ausgehen. Könnte Ihre Chancen bei Männern enorm erhöhen.«

Frühlingsgefühle sind gefährlich. Sie sprießen wie die Maulwurfshügel in seinem hübschen Garten, der inzwischen wieder aufgetaucht ist – zum Glück kümmert er sich um ihn – und ich bin aufgedreht, als hätte ich meinen Vollkorntoast in Red Bull getunkt.

»Einen Moment nur!« Ich schlüpfe schnell aus dem roten Seidenkimono von Yoba und rein in den alten Bademantel von Biba! Dann öffne ich die Tür nur einen kleinen Spalt. Norman Braun fragt, wo sein neues Hemd ist.

»Müssen Sie irgendwohin?«

»Nein. Ich habe gleich eine Klientin. Was ist mit dem Hemd?«

»Es ist in der Wäsche. Wie wäre es mit Nr. 19.«

»Nr. 19 ist nicht neu.«

»Was ist mit 1 bis 18? Sie sehen alle aus wie 20.«

Er ist gegangen, fluchend. Scheinbar haben 19 Hemden ihr Verfallsdatum überschritten.

Kleidung ist eine Form von Sprache, ein Zeichen. Als Symbol steht sie für eine Rolle in der Gesellschaft. Als Symptom verrät sie Charakter und Befindlichkeit, als Sendesignal die Wirkabsicht und als Empfangssignal die vom Betrachtenden unterstellte Wirkabsicht des Trägers. Norman Braun möchte nichts mitteilen, vermitteln oder über sich verraten. Seine Kleidung ist eine Uniform. Seine Anzüge sind alle dunkelgrau, seine Pullover alle schwarz, seine Hemden alle weiß. Er hat das *Dschilbab* für sich entdeckt. Vermutlich überlegt er gerade, ob zum ausgewählten Hemd das Jackett mit drei Knöpfen am Ärmel besser passt als das mit fünf.

Kurze Zeit später klingelt es an der Tür. Ich erwarte nach seinem Verhalten eine Frau vom Typ: Unheil bringende Hexe, Dämon der Versuchung oder, schlimmer noch, jungfräuliche Muse. Stattdessen steht ein rauchendes Nervenbündel in Männerkleidung und mit fettigem Haar vor mir, mit einem sabbernden Hund an der Leine, der mehr wiegt als seine Besitzerin. Ehrlich gesagt, diese Frau ist Norman Brauns Aufwand nicht Wert.

»Tamara Haferkamp, ich kenne den Weg«, sagt sie. »Komm Cato!«

Der Hund zieht es aber vor, mir hinterher zu laufen, bis in die Küche, wo er mich, mit triefender Schnauze, anspringt. Tamara reißt hilflos an der Leine und hält ihm einen Vortrag über Benehmen. Ich flüstere dem Hund etwas ins Ohr, und er geht sofort runter. Wenn man mit einem Tierkommunikator zusammen gewesen ist, lernt man unweigerlich ein paar nützliche Brocken Hundesprache.

»Was sind Sie? Eine Hundeflüsterin?«, fragt sie mich.

»Frau Kotilge ist meine Haushälterin.« Norman Braun betritt den Raum, er hat aus Trotz einen Pulli mit Rollkragen angezogen. Viel zu warm für die Jahreszeit.

»Darf ich sie mir ausleihen?«

»Tee, Frau Kotilge. Gyokuro, 60 Grad. Danke.«

Nach Norman Brauns reduzierten Art der Kommunikation vor dieser unfähigen, Hunde mästenden, qualmenden Person, die von mir geredet hatte, als wäre ich ein Ratgeber über Hundeerziehung, brühe ich *selbstverständlich* seinen Gyokuro mit kochendheißem Wasser auf.

8 ♂

Wenn man glaubt, das Leben neu planen zu müssen, schleichen sich früher oder später störende, hemmende Gründe ein, psychologischer und biologischer Natur, die zu Überdruss, Müdigkeit und Langeweile führen. Nach Monaten konzentrierter Arbeit, anstrengender Flamingoübungen und Verzicht auf eine bestimmte Art der Vergnügung, sehne ich mich plötzlich nach etwas Abwechslung, selbst in Form von Tamara Haferkamp.

Sie ist eine echte Herausforderung für mich. Eigentlich hätte ich von Anfang an eine Paarberatung machen müssen. Normalerweise leiden meine Klienten unter Trennung, Abschied und Verlust, oder sie sind im Leben irgendwie stecken geblieben, befinden sich an einem Wendepunkt und suchen Entscheidungshilfe, können Konflikte mit anderen Menschen, in der Partnerschaft oder mit sich selbst, nicht lösen oder finden keinen Weg mehr aus Zwängen, Blockaden und Abhängigkeiten. Ich wurde jedoch noch nie mit jemandem konfrontiert, der mit dem Gedanken spielt, sich *Selbstmordschuhe* zu kaufen!

Sokrates, der erste philosophische Praktiker, betätigte sich in seiner Gesprächsführung als Hebamme, indem er durch geschicktes Fragen seinen Gesprächspartnern half, ihre Gedanken zu gebären. Nichts anderes tue ich. Ich bin ein Geburtshelfer, der für ein gutes Gespräch zwischen 70 bis 150 Euro kassiert. Tamaras Wehen haben gestern nach dem Konzert begonnen und könnte ich bei ihr ein Honorar verlangen, hätte ich schon 600 Euro verdient.

Als sie heute Morgen bei mir auftaucht, merke ich gleich, dass sie kurz vor der Niederkunft steht, und mache es ihr so gemütlich wie möglich: abgedunkelter Raum, Kerzenlicht, Tee, leise Musik. Dann leite ich die Presswehen ein: »Werde, der du bist!«

»Lass den Quatsch! Ich weiß wohl, wer ich bin.«

»Weißt du auch, dass du nicht Max bist?«

»Was meinst du?«

»Ich meine, dass du nicht mit seinen Anzügen herumlaufen solltest. Sie stehen dir noch schlechter als ihm.«

»Ich weiß. Sie riechen aber nach ihm.« Sie vergräbt das Gesicht in der Jacke und heult los. Geplatztes Fruchtwasser.

»Ich will ihn wieder haben!« Spontane Geburt.

»So wie du im Moment aussiehst, bekommst du höchstens eine Lesbe. Was du brauchst, ist eine Generalüberholung und einen Liebhaber.«

»Meinst du, ich hätte nicht versucht, mit Männern auszugehen? Nach fünfzehn Jahren Ehe weiß ich einfach nicht mehr, wie das geht. Der Letzte wollte *9½ Wochen* mit mir spielen.

»Wie ich deinen Kühlschrank kenne, habt ihr höchstens *9½ Minuten* gespielt.«

»Weniger, das Ding macht eine schwierige Selbstfindungsphase durch. Es kann sich nicht entscheiden zwischen einem Leben als Magnetpinnwand oder Komposttonne.«

»Also Sex ohne Food? Unterrock und Augenbinde wenigstens?«

»Nein, Jogginganzug und eine Plastiktüte von Tengelmann über dem Kopf. Die Geschirrtücher waren alle in der Wäsche. ›Falls du mich *nur* füttern willst‹, habe ich gesagt, ›dann findest du da drin außer einem verfaulten Salat, einer halben mumifizierten Zitrone und Butter nichts Essbares.‹ ›Doch‹, meinte er, ›hier ist eine Dose Corned Beef.‹ Bevor ich ihn warnen konnte, hat er mir Hundefutter in den Mund gesteckt. Du kannst dir vorstellen, wie der Abend zu Ende gegangen ist.«

»Ihr habt die Butter genommen und *Der letzten Tango in Paris* gespielt.«

»Klar, und hinterher habe ich ihn mit einem Stromkabel traktiert.«

»Dann habt ihr euch wenigstens nackt ausgezogen und Tierlaute imitiert?«

»Ach was! Er hat von seiner Mutter erzählt und ich von Max, selbstverständlich angezogen, und die Frage, ob ich dabei wie Jeanne ein wenig …, du weißt schon, was ich meine, kannst du dir sparen. Die Antwort ist: Nein.«

»Was hältst du von einem Auffrischungskurs?«

»Und wer soll mich coachen?«

»Na, ich.«

»Lieber nicht. Ich habe nicht vor, Katharina die Große zu werden.«

»Dann lass uns etwas an deinem Look arbeiten! Wir könnten zum selben Typ gehen, der Max geholfen hat. Er kann Wunder bewirken, wie du weißt.«

»Ja, das kann er, leider.«

9 ♀

Nachdem ich die ganze Zeit hinter der Tür gestanden und gehorcht habe, beschleicht mich nun ein Gefühl, das absolut fehl am Platz ist – Eifersucht? Oh Gott! Doch nicht auf Tamara Haferkamp! Und Norman Braun? Ich mag ihn nicht einmal!

Als er und Tamara kurz darauf lachend und vergnügt herauskommen, tue ich so, als würde ich den Spiegel neben der Tür putzen und, wie immer beim Anblick meiner bedauernswerten Erfindung, bekomme ich einen furchtbaren Schreck. Inzwischen habe ich zu Kotilge Nr. 2, trotz Ohrring, ein recht gespaltenes Verhältnis.

»Ich esse heute nicht zu Hause, Frau Kotilge. Rechnen sie erst heute Abend mit mir.«

»Darf Cato hier bei Ihnen bleiben?«, fragt mich Tamara. »Er geht nicht gerne einkaufen. Es macht Ihnen hoffentlich nichts aus?«

»Aber nein! Ich kann etwas Unterhaltung gebrauchen. Mag er Sojafrikadellen?«

»Geben Sie ihm etwas Süßes und lassen sie ihn eine Tiersendung ansehen, dann ist er zufrieden.«

Vermutlich hat sie das Gleiche mit ihrem Mann getan. Kein Wunder, dass er irgendwann vom Sofa gesprungen und ins Fitnesscenter gegangen ist.

Sie gehen, und ich stehe am Fenster und schaue zu, wie er dieser vor Entzückung quietschenden Tamara Haferkamp die Autotür mit vollendeten und vor Überlegenheit strotzenden Bewegungen aufhält, wie er sich bemüht, ihr das Gefühl von Sicherheit und Geborgenheit zu geben, damit sie ihm blind vertraut, und bin plötzlich sauer. Warum nur? Ich bin seine Haushälterin und nicht seine frustrierte Ehefrau! Es kann mir egal sein, mit wem er einkaufen geht ... Es ist mir aber nicht egal.

»Hallo!«, grüßt mich Kotilge Nr. 2, die tausend Mal schlimmer aussieht als Tamara, wieder aus dem Spiegel. Wieso hat Norman Braun ihr nie einen Rat gegeben? Er hält sie anscheinend für einen absolut hoffnungslosen Fall. Sie putzt, kauft ein, kocht inzwischen wie der Bocuse der Vegetarier, wäscht, bügelt und erntet nichts als Spott.

»Was willst du eigentlich?«, fragt sie mich.

»Was denkst du, was ich will?«

»Seine Aufmerksamkeit, vielleicht?«

»Ich? Bist du verrückt!«

»Na, na. Was wäre dagegen zu sagen, wenn Dr. Norman Braun das Hausmädchen Sole in ›Super-Sole‹ zurückverwandeln würde?«

»Du meinst wie Higgins und Eliza bei *My Fair Lady*? Wenn ich darüber nachdenke, hätte ich nichts gegen einen freundlichen Pygmalion. Dann bräuchte ich nicht mehr so abstoßend auszusehen, dass selbst nach einer schriftlichen Einladung nicht einmal der unfreundliche Postmann mit dem Goldzahn zwei Mal bei mir klingeln würde.«

Und just da klingelt er, der Postmann mit dem Goldzahn, und ich sage zu Tamaras Hund: »Fass, Cato!«, im Spaß natürlich. Woher soll ich wissen, dass dieser Befehl, Frucht von Tamaras Racheerziehung, einer der wenigen ist, worauf er reagiert. Die verbalen Tiefschläge des erschrockenen Mannes höre ich noch um die Ecke, wobei ich nicht sofort kapiere, was er mit ›verhütender Kopfbedeckung‹ gemeint hat. Als es mir dann langsam dämmert, bin ich deprimiert.

Geknickt und missgelaunt putze ich das Arbeitszimmer, lasse Tamaras Qualm aus dem Fenster entweichen, stelle die Bücher zurück in die Regale und staube sie ab. Während ich versuche etwas Ordnung auf dem Schreibtisch zu machen, stoße ich auf einen markierten Satz in seinen Aufzeichnungen: *Jeder Neubeginn bedeutet einen Abschied. Man muss bereit sein, zu verzichten, selbst auf Dinge, die man lieb gewonnen hat. Man muss das neue Leben konkret planen und zuerst kleine Schritte machen. Bringen sie den gewünschten Erfolg, kann man sich auch größere Veränderungen vornehmen.*

»Ein Zeichen des Schicksals, lieber Cato! Als Philosoph weißt du sicher, wie die Griechen das Unvermeidliche nennen. Nein? Adrastéa. Sie ist die personifizierte höhere Macht. Ihr wird der Erfolg der menschlichen Handlungen zugeschrieben. Glaube mir, in unserem Leben geschieht nichts zufällig. Wie? Du meinst, ich soll darüber nachdenken, welche Konsequenzen meine Entscheidungen haben könnten? … Du hast nicht Unrecht, spontane Gefühle führen oft zu falschen Entscheidungen. Nun, das Schlimmste, was in meinem Fall passieren könnte, wäre der Abschied von einer inzwischen umfangreichen Kollektion an scheußlichen Hauskitteln und farblich abgestimmten Kopftüchern. Trotzdem, es könnte nicht schaden, mit Julia über die *ersten, kleinen Schritte* und die weiteren *Veränderungen* meiner geplanten Zurückverwandlung zu reden. Weißt du was? Ich schicke ihr gleich eine SMS.«

Wir verabreden uns zum Abendessen im Bistro, wo ich, ohne Rücksicht auf Julia, ein blutiges Steak vertilgen werde: Größe XXL.

Zum Mittagessen teile ich mir mit Cato einen Gemüse-Dinkel-Risotto und einen Sprossensalat, bei einer Wiederholung von *Free Willy II*. Schon nach kurzer Zeit macht mir aber Cato unmissverständlich klar, dass er dringend Gassi muss. Ich lasse ihn in den Garten, wo er die Rosenstöcke düngt und den Beweis erbringt, dass Hunde keine ausgesprochenen Vegetarier sind und dass ballaststoffreiche Kost nicht proportional zu der Kotmenge steht.

Nachdem Cato die Mahlzeit fast unverdaut ausgeschieden hat, liegt er erschöpft auf dem Sofa mit dem Kopf auf meinem Schoß. In seinem Darm brodelt es wie in einem mit Schlamm verstopften Gulli. Vorsorglich bleibe ich bei ihm und ertrage die pestilenzischen Folgen meines Mittagessens. Wir machen sogar ein Nickerchen, und als ich aufwache, liegt mein Kopf auf seinem Hinterteil. Igitt!

Dogsitting hin oder her, die beiden sind immer noch nicht zurück, und ich muss weg. Cato soll sich die *101 Dalmatiner* anschauen und Norman Braun sich sein Abendessen selbst aufwärmen.

Als ich eine halbe Stunde später, unverkleidet und wochenendmäßig bestens präpariert, durch das Tor fahre, kommt mir der schwarze BMW entgegen. Wir halten beide an, Autotür an Autotür, offene Scheibe an offener Scheibe. Der verschreckte Blick, mit dem er mich anschaut, sagt: *Autodiebe!*

Nichts wie weg.

Doch es bleibt keine Zeit für Problemlösungen in

Gruppenarbeit. Auf dem Parkplatz vor dem Bistro klingelt bereits mein Handy. Es ist, natürlich, Norman Braun. Verflixt, warum habe ich ihm bloß die Nummer gegeben?

»Wo sind Sie, Frau Kotilge?«

»Freitag, Herr Braun. Feierabend, Wochenende, schon vergessen?«

»Natürlich nicht. Ich will nur wissen, was mit meinem Auto ist?«

»Es geht ihm gut. Wir stehen in der Brunnengasse vor einem netten Bistro, wo ich im Begriff bin, Freunde zu treffen und etwas zu essen. Warum fragen Sie?«

»Weil ich es gerade habe wegfahren sehen mit einer fremden Person am Steuer. Wer war diese Frau und wo zum Teufel waren Sie? Ich kann mich nicht erinnern, Ihnen erlaubt zu haben, mein Auto unterzuverleihen.«

Schnell nachdenken.

»Keine Panik, Herr Braun. Das war nur ... meine Schwester. Sie hat mich fahren müssen, weil der völlig verzogene Hund ihrer entzückenden Freundin meine Brille mit einem Knochen verwechselt hat. Und mich haben Sie nicht sehen können, weil ich mich wohl gerade gebückt habe, um mir die Schuhe zu binden, die dunkelbraunen, wissen Sie, die Sie so *chic* finden.«

Zweiter Punkt erfolgreich abgehackt.

»*Sie* haben eine Schwester, die wie ein Hollywood-Star aussieht?«

Nicht schon wieder!

»Das höre ich in letzter Zeit öfter. Ist das ein Problem für Sie?«

Würgegeräusche im Hintergrund und Tamaras Stimme:

»Doch nicht auf dem Teppich, Cato!«

Schnell das Ding ausschalten. So ein Pech: Akku leer, atmosphärische Störungen, Funkloch.

Julia und Simon sind schon da. Sie können sich noch so sehr bemühen, nur Freunde zu bleiben. Das funktioniert nicht. Dass die beiden ein Paar werden, ist nur eine Frage der Zeit und der Rücksicht. ›Beste Freundin mit Ex‹ ist in der Tat eine sehr delikate Angelegenheit. Mag Julia noch so sehr betonen, er sei für sie nur ein ›guter Kumpel.‹ Ich gebe ihnen noch eine Woche und sie werfen alle guten Vorsätze über den Haufen! Schon wie sie da sitzt, ihm in die Augen schaut und ihn mit leicht geöffnetem Mund anlächelt! Ich stelle mit Erleichterung fest, dass es mir überhaupt nichts ausmacht, dass Simon dabei wie ein Hahn seinen Hals reckt. Na ja, die Tatsache, dass Julia älter und nicht attraktiver ist als ich, spielt dabei sicher eine Rolle.

»Welche Alarmstufe haben wir«, fragt Simon, nachdem ich meine Fleischeslust gestillt habe. »Rosa, Rot oder Bordeaux?«

»Gelb! Die Farbe des Neides. Norman Braun gibt jedermann Ratschläge, nur nicht mir. Ich fühle mich ausgebeutet und mit Füßen getreten.«

»Klarer Fall von ästhetischer Unterentwicklung und Beachtungsnotstand.« Julia grinst.

»Du irrst dich«, lenkt Simon ein, »hier geht es nicht um Neid, sondern um Eitelkeit und den Wunsch nach Demaskierung. Sie hat es satt, *Don Diego de la Vega* zu sein und brennt darauf, Norman zu zeigen, dass sie *Zorro* ist. Sie verkennt aber die Wurzel des Problems. Ihr Doppelleben …«

»Doppelleben? Das war mal. Das Problem ist, dass ich jetzt ein ausgewachsenes Tripleleben habe.«

Als säße ein kleines freches Männchen an der Strippe des Marionettentheaters, kommt gerade in diesem Moment Norman Braun herein. Mir ist elend zumute. Was musste ich ihm auch erzählen, wo ich hingehe!

»Ist das nicht Norman?«, flüstert Julia. »Was sucht der denn hier?«

»Meine Schwester«, zische ich.

»Du hast gar keine Schwester!«

»Doch. Im Schnellverfahren geklont. Bitte, ganz egal, was ich sage, haltet einfach die Klappe und spielt mit!«

10 ♂

Schon von Natur aus bin ich jemand, der seine Nase in jedem Quark begraben muss. Wenn man auf Diät ist und der Quark so appetitlich aussieht wie Julia und Sole Kotilges Schwester, möchte ich mit meiner Nase bis auf den Grund gehen. Insbesondere am Ende einer intensiven Arbeitswoche, nach vier Stunden Shoppen, zwei Stunden Friseur und sechs Stunden Sinnsuche mit einer total aufgedrehten Frau.

Noch nie habe ich den Status quo eines Sinnsuchenden so schnell in Frage gestellt und den plötzlichen Wunsch nach Veränderung geweckt.

Bevor Tamara in die Disco abgedüst ist, alkoholisiert, zurechtgemacht wie ein Teenager und von der Idee begeistert, Spuren in ihrem Leben zu hinterlassen, kündigte sie an: »Weißt du was, Norman, ich werde die *Selbstmordschuhe* an den Nagel hängen, mir die Brüste vergrößern lassen, den Kühlschrank bis zum Rand füllen und mich *9½ Wochen* hoch zwei von Lars füttern lassen. Danach fliege ich nach Houston, kaufe einen Pick-up, angele mir einen *Redneck* und fahre mit ihm ein Jahr lang durch die USA. Und wenn ich zurückkomme, schenke ich die ver-

dammten Treter Max zum Geburtstag, lasse mich scheiden, heirate meinen Anwalt und bekomme ein Kind.«

So viel zu den Folgen meiner Lebensberatung!

Im Bistro erkenne ich gleich Julia und die Frau am Steu-
er meines Wagens. Ein etwas schräger Typ mit einer
Ringelmütze und Haaren wie Stahlwolle sitzt mit am
Tisch. Keine Spur von Sole Kotilge.

Ich nähere mich und sage zu Julia: »Wissen Sie noch,
wer ich bin?«

»Aber ja! Norman Braun, Gönner der Unscheinbaren.
Sie sind doch nicht *zufällig* hier?«

»Falls Sie Sole suchen, sie ist nach Hause gegangen. Sie
war völlig übermüdet«, sagt die hübsche Frau, die neben
Julia sitzt. Sie nagt an einem Knochen. »Ich bin übrigens
ihre Schwester … Serena, die Autodiebin.«

Die Schwestern können kaum verschiedener sein, doch
ihre Stimme … welch' eine frappierende Ähnlichkeit!

»Sole? Serena? Ihre Eltern scheinen eine Vorliebe für
Schönwetternamen zu haben.« Ich setze mich auf den
freien Stuhl, will mich locker geben und versuche es mit
einem Witz: »Möchten Sie das blank geputzte Gebein
später auch vergraben?«

Julia bekommt einen Lachanfall und dann einen Asth-
maanfall, worauf sie sich einen Stoß Asthmaspray und
einen doppelten Gin mit Eis verpasst. Als sie sich wieder
beruhigt, gebe ich eine meiner typischen und in den meis-
ten Fällen äußerst beeindruckenden Bemerkungen von
mir: »Wissen Sie, dass Lachen eine der Gesundheit zu-
trägliche Bewegung ist, ausgelöst durch eine Affektion
aus der plötzlichen Verwandlung einer gespannten Erwartung in Nichts. Der auslösende Gedanke stellt im
Grunde nichts vor, woran der Verstand an sich ein

Wohlgefallen finden könnte. Das, worüber man lacht, ist eigentlich nicht komisch und, wenn ich das so sehe, in Ihrem Fall sogar gefährlich.«

Fragwürdig, ob es mir auch in dieser Runde gelingt. Der Mann mit der Mütze bestätigt sogleich meine Bedenken: »Kann mir jemand erklären, was der gerade gesagt hat?«

Serena trinkt ihr Bier in einem Zug leer und antwortet: »Er meint, Lachen ist viel Lärm um nichts. Für Jean Paul ist aber die Ursache für das Lachen ein Gedankentanz der Kontraste. Er widerspricht Ihrem Kant, Herr Braun, wenn bei ihm die gespannte Erwartung, zwar anders als gedacht, aber doch erfüllt wird, sich aber nicht in Nichts auflöst.«

Faszinierend! Eine Xanthippe *mit* Verständnis für die Philosophie. Brillant, clever und obendrein schön.

»Eine Frage nur: nach dem Nagen, Knurren und Bellen muss ich auch Angst haben, von Ihnen gebissen zu werden?«

»Sie müssen So… Serena entschuldigen, ihr Chef lobt sie zu wenig. Das macht sie etwas aggressiv.« Der Rastafari tätschelt Serenas Arm.

»Ach was! Das liegt nur daran, dass sie rohes Fleisch verzehrt. Kannst du bitte endlich dafür sorgen, dass diese widerlichen Leichenreste entfernt werden?« Julia verzieht verächtlich ihren Mund.

»Und Sie, Serena, loben Sie Ihren Chef? Wenn man öfter ein anerkennendes Wort hören möchte, sollte man öfter anerkennen.«

Sie fällt prompt auf meine Provokation herein: »Könnte es sein, dass Sie sich in Ihrer Haut nicht wohl fühlen, Herr Braun? Ich glaube, dass Sie nicht viel von sich selber halten, emotional instabil, nicht besonders offen und weder umgänglich noch gewissenhaft sind.«

»Ich wusste nicht, dass meine Haushälterin eine Psychologie-Forensikerin als Schwester hat. Gratuliere! Eine wirklich beeindruckende Spurensicherung! Dürfte ich erfahren, was mich so schnell verraten hat?«

»Humor. Er lässt immer Rückschlüsse auf die Persönlichkeit eines Menschen zu. Sie sind weder der Selbstunterhalter, noch der Entertainer und auch nicht der defensive Typ. Sie gehören zu den Angriffslustigen, die ihren Witz benutzen, um andere zu kritisieren, zu manipulieren, wenn nicht gar zu täuschen. Und das ohne Rücksicht auf Gefühle.«

»Und zu welchem Typ gehören Sie?«

Bevor Serena darauf antworten kann, kommt ihr der Typ mit den *dreadlocks* zuvor: »Zum Typ Star-Zicke: Je mehr Aufmerksamkeit sie gewinnt, desto besser fühlt sie sich. Hauptsache, sie steht immer im Mittelpunkt und alles dreht sich um sie. Ich heiße übrigens Simon.«

»Das musst *du* gerade sagen!«, kontert Julia und knufft ihn in die Seite.

Ich winke den Kellner heran, spendiere eine Runde Aquavit für alle und verlasse dann die Szene mit einer leichten Verbeugung und dem Satz: »Ein Frauentyp also, der von vielen Männern begehrt wird, sich aber auf die Dauer nur von einem Phlegmatiker ertragen lässt.«

11 ♀

»Oder von einem Melancholiker«, ruft Simon Norman Braun hinterher, und ich kneife ihn. Simon hat immer noch nicht kapiert, dass es nicht nett ist, unsere Beziehung in Gegenwart von Julia zu erwähnen.

»Was ist? Ich weiß, wovon ich rede. Schließlich bin ich ein Clown und Clowns sind bekanntlich ...«

»Falsches Timing. Halt lieber die Klappe!«, zische ich ihm ins Ohr.

Julias Retourkutsche lässt nicht lange auf sich warten: »Der Mann versteht es, einen Abgang zu machen und wie der redet! Sag mal, Sole, trägt der Slip oder Boxer?«

»Boxer, schwarz, gebügelt, nicht gefaltet.«

Simon steht auf und mimt einen einsamen, beleidigten, eifersüchtigen Pinguin. Das kann er sehr gut. Ein einsamer Pinguin ist ein deprimierender Anblick. Man denkt unweigerlich, dass er erfrieren wird. Die Frauen am Nebentisch hätten ihn am liebsten in ihre Mitte genommen und gewärmt.

Julia dreht sich um und flüstert ihnen zu: »Lasst euch bloß nicht von diesen bösartigen, hinterhältigen, fetten, fluguntauglichen Tieren täuschen, die herumwatscheln, mit den Flügeln wackeln und so aussehen, als würden sie sich angeregt unterhalten. Sie plaudern weder über das Wetter noch über Politik, nein, sie schmieden grausame Pläne und warten nur darauf, im richtigen Moment, in ihrem als Frack getarnten Taucheranzug ins Wasser zu springen und ahnungslose Sardellen zu fressen.«

Zwei Tage später. Nachmittag. Ich überwache Julias Anziehritual.

»Julia, meinst du nicht, dass Kotilge Nr. 2 ihre Wochenenden vergeudet?«, frage ich sie. »Die ganze Woche schuftet sie für Norman Braun und für Sole, und wenn sie Zeit hat, hängt sie dann nur mit euch herum. Ich denke, sie sollte sich auch verlieben. Sie ist ein so netter

Mensch. Findest du nicht auch, dass sie etwas Besseres verdient und gefälliger aussehen sollte?«

Julia antwortet nicht. Sie steht knöchelhoch in einem Textilsee vor dem leeren Kleiderschrank. Simon hat ihr endlich seine Liebe erklärt, am Telefon und auf eine ungewöhnliche Art und Weise. Während sie Studentenfutter mampfte, sagte er zu ihr: »Du isst zu viel Süßes. Denk an deine Hüften!«

»Danke, soll ich mir den Strick nehmen oder aus dem Fenster springen?«

»Eine überempfindliche Frau mit breiten Hüften. Zwei gute Gründe, warum die Männer vor dir fliehen.«

»Okay, meine Hüften sind zu breit und du siehst aus wie ein Malteserhund mit Dauerwelle.«

»Und du gehst den Leuten mit deinen Tiergeschichten auf die Nerven. Was war das mit den Pinguinen?«

»Hör mal, deine Pantomimen sind auch nicht besser. Sie sind schlicht und einfach peinlich. Weißt du was? Ich habe die Nase voll von euch Blödmännern. Wenn ich nochmals auf die Welt komme, möchte ich eine Lesbe sein.«

»Falls dein Wunsch in Erfüllung gehen sollte, lässt du es mich wissen?«

»Warum?«

»Dann will ich als Frau geboren werden.«

»Fertig! Wie sehe ich aus?«

Endlich hat Julia das Richtige gefunden! In einem meiner Koffer natürlich!

»Ich hoffe du hast nichts dagegen, dass ich dein Kleid trage. Du hast gesagt, es gefällt dir nicht mehr.« Julia lächelt nervös.

Ihr erstes Date mit meinem abgelegten Ex und meinem

abgetragenen Kleid, eine peinliche Situation und vor allem nicht der richtige Zeitpunkt, über mich zu reden. Seit ein paar Tagen hat sie einen forschenden Blick drauf, der mich nervt.

»Verdammt, Julia, hör auf, mich so anzuschauen. Es gibt nichts zu entdecken. Zum tausendsten Mal: Es macht mir nichts aus! Ihr seid und bleibt meine besten Freunde, und ich habe auch nichts dagegen, dass du meine Sachen trägst. Das Kleid steht dir übrigens sehr gut. Zieh' los! Wohin geht ihr? «

»Ins Kino. Und was machst du?«

»Ach, vielleicht gehe ich jetzt schon zurück und bügele die Hemden. Die fast komplette Weißarmee wartet auf mich.«

»Du solltest nicht seine Hemden bügeln, du solltest mit ihm ausgehen. Ich meine nicht die falsche du, sondern die richtige, die falsch ist. Du weißt, was ich meine.«

»Serena soll mit Norman Braun ausgehen? Bist du verrückt? Mit diesem eingebildeten, taktlosen, monomanen Menschen? Wie kommst du auf so eine dämliche Idee?«

»Es ist Simons Idee. Er meint, Norman wäre der ideale Sparringspartner für sie, ich meine natürlich für dich.«

»Er muss es ja wissen!« Wut kocht in mir hoch. »Doch, er irrt sich, Serena könnte nie mit einem Mann ausgehen, der meine Schwester so behandelt.«

»Sag mal, du wirst doch nicht etwa schizophren? Fass bitte deinen Ohrring öfter an.«

12 ♂

Sonntagnachmittag. Ich habe keine Lust auf das traditionelle ›Frühlingsblumendinner‹ bei Marisa May und bleibe zu Hause. Dieses Jahr hat sie sogar eine Einladung mit Menü verschickt: sämig aufgeschlagenes Löwenzahnsüppchen, Brennnessel-Risotto, Carpaccio in pikanter Kräutermarinade, Filet vom Barsch mit zerstoßenem, karamellisiertem Lavendel und Halbgefrorenes an Blüten von schwarzem Holunder. Das Essen hätte mir zugesagt, die obligatorische Führung durch den Garten weniger: »Sieh Norman, wie prächtig die *Majalis* wird! Und die *Parvilofia* erst! Was macht übrigens deine *Pteracantha?* Letztes Jahr sah sie ziemlich mitgenommen aus. Du solltest die homöopathischen Tropfen verwenden, die ich dir mitgegeben habe.« Ihre Rosen sind schöner als meine, und sie kennt die lateinischen Namen *aller* Sorten.

Außerdem würde ich bei ihr Tamaras Mann in Begleitung seiner neuen Freundin begegnen. Laut Marisa ist sie umwerfend und nicht älter als zweiundzwanzig. Ich befürchte, Tamara wird mich deswegen morgen, wenn nicht sogar heute Nacht schon, anrufen und mich mit Fragen löchern. Da ich nicht hingehe, brauche ich auch nicht zu lügen, denn, in Anbetracht ihres noch labilen Zustandes, müsste ich es tun.

Marisa übernimmt den Part. Sie hat mir versprochen, gewaltig zu untertreiben.

Im Gegensatz zu meinen Klienten, denen ich immer

den Rat gebe, sich nie hinter dem Rücken anderen Menschen in deren Leben einzumischen, tue ich es ganz gern. Und da nach der Chaostheorie jeder Prozess seinen Kurs ändert, wenn Energie zu- oder abgeführt wird, betätige ich den Hebel des Schicksals, wohl wissend, dass durch die kleinsten Änderungen der Randbedingungen das System völlig außer Rand und Band geraten kann. Danach warte ich gespannt und amüsiert darauf, welche Folgen *mein* Schmetterlingsschlag verursacht. Nicht selten löse ich so einen Hurrikan aus, wie im Falle von Elke, worüber ich gerade schreibe.

Ohne meine Hilfe würde sie immer noch den Kopf in den Sand stecken und behaupten, ihr neuer Freund hätte zu viel Arbeit, um sie mehr als einmal in der Woche anrufen zu können. Es war sicher unorthodox, ihrem Freund lange Liebesmails einer Unbekannten zu schikken, die er sofort und ausführlich beantwortet hatte, was seine Ausreden zwingend in Frage stellte. Aber was für ein Resultat! Es ist mir zu Ohren gekommen, dass der unaufgeforderte Beweis seiner Untreue aus einem Strauß, der den Kopf in den Sand steckt, einen Adler gemacht haben soll. Dass die noch blinde Elke mir das Honorar schuldig geblieben ist, mein Büro verwüstet und mir einen Monat lang Mails geschickt hat mit einem einzigen Satz: *Du bist ein krimineller Scheißkerl!,* finde ich unter den gegebenen Umständen milde. Schließlich ist früher der Überbringer einer schlechten Nachricht ermordet worden.

Eines erwarte ich ganz bestimmt nicht: Dankbarkeit. Das einzige, was mich im Moment beschäftigt, ist nicht die mangelnde Anerkennung meiner unkonventionellen Wege zum Erfolg, sondern die Benennung des Kapitels, unter dem ich die Fallbeispiele erwähne, die diese bestätigen sollen. Zwei Überschriften stehen zur Wahl: *Das*

Berserker-Prinzip und *Die Terminator-Therapie.*

Seit heute Morgen sitze ich aber da und komme nicht weiter. Absolute Schreibblockade! Gedankengänge völlig verstopft! Worte wollen nicht mehr fließen! Ich habe irgendwo von Schriftstellern gelesen, die nackt mit den Füßen in warmem Wasser schreiben. Andere, die Arrivierten, reiten erstmal durch ihre prächtigen Anwesen, schwimmen hinterher ein paar Bahnen in ihren Pools und verschanzen sich dann für den Rest des Tages in einem schalldichten Zimmer. Es soll sogar Texter geben, die sich ein Jahresabo für die Eisenbahn kaufen und durchs ganze Land reisen, nur damit die Gedanken in Fahrt kommen.

Um arbeiten zu können, muss ich nur ausgeschlafen, wohlgenährt und sorgenfrei sein. Bin ich es nicht, höre ich Musik – Satie wenn ich zu nervös, Poulenc, wenn ich zu ruhig bin. Dabei trinke ich Tee, einen anregenden geschlagenen Matscha-Genmai oder einen harmonisierenden 60-Sekunden-Kukicha, je nach Bedarf. Alkohol und andere Substanzen, die die Tür zum Unterbewussten ein wenig öffnen und das darunter Verborgene nach oben bringen sollen, lehne ich ab. Dieses Mal hilft aber nichts. Und so male ich eine lange Reihe von Fragezeichen, geometrischen Gebilden und niedlichen Blümchen, gedankenverloren und uninspiriert.

Marisas Anruf unterbricht meine Lethargie. Sie ist völlig aufgelöst.

»Ich leide, und wie ich leide! Dieser Bastard von Bernd. Vor drei Wochen sagte er, er wäre nach mir verrückt, und heute beim Essen hatte er nur Augen für Max' neue Freundin. Ich verstehe die Männer nicht. Sie stellen dich auf ein Podest, dann holen sie dich brutal herunter und werfen dir das Ding an den Kopf.«

Ich kann mir lebhaft vorstellen, wie sie in ihrem dekadenten Haus – wo ähnlich wie bei Floressas Des Esseintes, fast alles, von den Wänden bis zu den Büchern, entweder blau oder orange ist – auf ihrem Indigosamtsofa sitzt und beim Telefonieren mit ihrem blauen, saffianlederbezogenen Handy neurotisch eines ihrer orangefarbenen Seidenkissen knetet.

»Was für ein Ding?«

»Na, das Podest.«

»Ein typischer Fall von Strohfeuer: Hohe Flammen bis zum Himmel, schön anzusehen, keine Frage, wenn aber das Stroh alle ist, bleibt nichts übrig. Beim nächsten Mal solltest du genau prüfen, was da so brennt: Stroh oder Holz. Holz ist besser, verbrennt langsam, und am Ende bleibt die Glut. Darauf kannst du zur Not auch noch ein paar Würstchen grillen.«

»Ist das deine Art, Menschen zu trösten? Ich hoffe, du erstickst an deinen dämlichen Ratschlägen, du Berserker!«

Dank Marisa hat sich die Frage der Überschrift erledigt. Ich nenne das Kapitel *Das Berserker-Prinzip* und notiere gleich alle Assoziationen zu meinem Thema auf ein weißes Blatt Papier. In der Mitte aber, dort, wo der erste Begriff, das Startwort sozusagen, stehen soll, schreibe ich: *Serena*.

13 ♀

Ach du liebe Zeit! Wenn ich gewusst hätte, dass Norman Braun zu Hause ist, wäre ich weggeblieben. Er scheint nicht weniger überrascht als ich und sagt: »Sie? So früh schon?«

»Keine Angst! Ich hole nur die Hemden aus dem Trockner. Bin schon weg.«

»Nicht so schnell! Berechnen Sie es mir als Überstunde, wenn Sie mir jetzt eine Tasse Tee kochen?«

»Flachwichser«, presse ich zwischen die Zähne und steuere die Küche an.

»Haben Sie etwas gesagt?«

»Ja, welche Sorte?«

»Welche mögen Sie?« Er steht in der Tür.

»Ist das eine Einladung zum Mittrinken?«

»Warum nicht? Man soll die Dienstboten achten. Ein treuer Diener ist ein verborgener Schatz im Haus.«

»Haben Sie mich gerade gelobt, Herr Braun?«

»Ich habe ein interessantes Gespräch mit ihrer Schwester darüber gehabt. Aber das wissen Sie bestimmt.«

»Ich verstehe. Sie wollen nicht die Beziehung zwischen Herrn und Dienerin optimieren. Sie wollen über Serena sprechen.«

»Darf ich fragen, ob auch ihre Schwester ihr Wissen aus dem Fernseher bezieht?«

»Nein, sie studiert.«

»Ach ja? Und was?«

»Psychologie. Sie schreibt gerade ihre Diplomarbeit.«

Er fixiert mich, und fast glaube ich hören zu können, wie er sich fragt, warum meine Schwester in jeder Beziehung so ganz anders ist als ich. Doch ich irre mich. Er hat meine neue kinnlange Perücke bemerkt und sagt: »Haben Sie etwas mit Ihren Haaren gemacht?«

»Meine Haare? Nein, sie sind nur etwas gewachsen, still und leise unter dem Kopftuch. Wenn ich Zeit habe, lasse ich sie wieder abschneiden.«

Kein Einwand! Hätte er nicht sagen können: »Schade!

Die längeren Haare stehen Ihnen gut.« Natürlich nicht, aber er hat es immerhin bemerkt, das ist auch schon etwas.

»Wo darf ich servieren? Hier oder drüben?«

»Bleiben wir hier. Es ist gemütlicher.«

»Und standesgemäßer.«

»Sie sind genau wie Ihre Schwester, schlagfertig und latent aggressiv. Zu welchem Sternzeichen gehört Serena?«

Klar, dass mein Zeichen völlig uninteressant ist!

»Löwe, mit Sonne im Löwen und Mond im Stier.«

»Eine tolle Kombination: Willensstärke und Ehrgeiz. Passt genau zu ihrer Reaktion. Ich habe ihre Autorität in Frage gestellt, und sie war ziemlich ärgerlich.«

»Möchten Sie sonst noch etwas über meine Schwester wissen? Wenn nicht, würde ich mich jetzt gerne zurückziehen und Ihre Hemden bügeln.«

»Nur noch eine Frage. Hat sie einen Freund?«

»Nicht mehr, den letzten hat sie abgetreten.«

Ich gehe, mit einer Riesenwut im Bauch.

Genau nach Anweisung nehme ich mir seine Hemden vor: Manschetten, Ärmel, Rückseite, Knopflochleiste, Vorderseite, ›und bitte falten‹, ganz nach seinen hirnrissigen Wünschen.

Es heißt, dass Buddha fünfhundert Leben gebraucht hätte, um seine Wut kontrollieren zu können. Kontrollieren, *nicht* lösen. Dass rasendes Bügeln zur Kontrolle von Wut etwas taugt, bezweifele ich. Sicher ist, dass es die Folge von wütender Initiative ist und ich das letzte Hemd versenge, was mehr eine unbewusste Folge von wütendem Zerstören ist. Shit! Was jetzt? Ich muss ein neues Hemd kaufen, gleich morgen. Was mache ich aber, wenn es bei *Möller & Schaar* nicht mehr das gleiche gibt?

Nicht schlimm genug, dass meine hemmungslose Wut

gerade Hemd Nr. 20 vernichtet hat, da klopft auch noch Norman Braun an meiner Tür.

»Störe ich?«

»Ja, bei einer Feuerbestattung.« Ich lasse die verbrannte Leiche schnell unter dem Bett verschwinden.

»Wie bitte?«

»Ach nichts. Womit kann ich Ihnen helfen?«

»Mit Julias Handynummer.«

14 ♂

Ich bin ein hinterhältiger Skorpion. Für den Umgang mit Skorpiongeborenenen gibt es klare Regeln. Regel Nr. 1: Man sollte sich nicht mit ihm anlegen. Serena hat es getan. Und weil ich, wie alle Skorpionmänner, nachtragend und rachsüchtig bin, habe ich gestern kurz am Hebel gerückt, mich zurückgelegt und gewartet.

Vorausgesetzt, Julia und Serena werden erfahren, dass ich nach Julias Handynummer gefragt habe, müsste nach meiner Erfahrung eine Reaktion erfolgen. Wenn man den Geschwindigkeitsvektor in Bezug auf die Verbreitung der Nachricht und andere leicht zu errechnende Vektoren berücksichtigt, sollte sich etwas zusammenbrauen. Kein tropischer Wirbelsturm, aber ein ordentliches Gewitter mit Blitz und Donner. Die Frage ist: Wer wird reagieren? In der Zwischenzeit, da meine Schreibblockade anhält, habe ich mich heute mit Tamara Haferkamp verabredet, vor der Oper.

Mit einer Viertelstunde Verspätung kommt sie angewackelt, als hätte sie Steine in den Schuhen.

»Es tut mir Leid, Norman, wenn ich gewusst hätte, wie weh das tut, wäre ich früher losgegangen.«

»Du hast dich verletzt?«

»Nein, ich habe heute Nacht mit einem Golfschläger geschlafen. Kennst du Roger, meinen Anwalt?«

»*Low* oder *high torque*?«

»Was macht das schon für einen Unterschied?«

»Einen gewaltigen. Wenn der Biegepunkt des Schaftes näher am Schlägerkopf liegt, fliegt der Ball höher. Liegt er näher am Griff fliegt er niedrig.«

»Bei einem Handycap unter 100 fliegt nichts. Es war so, als wollte man mit einem schielenden Auge geradeaus schauen. Dass es so etwas überhaupt gibt! Beim Spielbeginn habe ich so getan, als wäre es nicht schlimm. Was hätte ich denn machen sollen? Eine Zielgrei-Therapie versuchen? Das Ding geradebiegen? Schienen?«

»Du hättest das Spiel sofort abbrechen, Roger disqualifizieren und ihn vom Platz verweisen müssen.«

»Ja, am besten gleich nach dem zweiten Ball im Aus, dann würde ich jetzt nicht solche Schmerzen haben. Könnten wir nicht irgendwohin gehen, wo man weich sitzen kann? Lass uns was trinken, du erzählst mir von Max' Freundin, und dann fahre ich zurück nach Hause, mit einem Taxi, und lege mich in die Badewanne, mit einer Flasche Martini und einer großen Portion Tetesept-Muskel-Vital. Wie sieht sie aus?«

Ich verweise sie an Marisa May.

15 ♀

Norman Braun ist heute ganz unerwartet gleich nach dem Mittagessen weggefahren. Eine gute Gelegenheit für mich, in die Stadt zu düsen, das Hemd zu kaufen und kurz mit meinem Professor über die Diplomarbeit zu sprechen. Ich gebe mir die größte Mühe, obwohl ich den Verdacht habe, dass abgesehen von mir kein Mensch jemals alles lesen wird. Ich könnte in der Mitte meiner Arbeit das Telefonbuch, eine Einkaufsliste oder Schillers *Glocke* abschreiben, und keiner würde es merken. Ich könnte Quellen erfinden mit Fantasienamen, und keiner wird sich die Mühe machen, sie nachzuprüfen. Selbst mein Professor wird von den geplanten zweihundertfünfzig Seiten höchstens ein paar lesen, möglicherweise auf der Toilette, abends, lustlos, mit einem Stift in der Hand, um wahllos ein paar Sachen anzustreichen. Und später landen die Seiten in seinem Kamin. Einhundertfünfzig Seiten habe ich schon. Seit Sonntag komme ich aber mit dem Zündmaterial nicht nach. Verdammte Schreibblockade! ... Warum Julias Telefonnummer und nicht die von Serena?

Bei *Möller & Schaar* zeige ich das *Corpus Delicti* und habe Glück. Hemd Nr. 20 hat einen Zwillingsbruder. Während er eingepackt wird, kommt ... Norman Braun in den Laden! Dass einem Ereignis die Wahrscheinlichkeit

Null zugeordnet wird, heißt nicht, dass es prinzipiell unmöglich ist. Schnell verstecke ich mich hinter einer Schneiderpuppe und frage mich, ob er mir vielleicht gefolgt ist. Wer bin ich überhaupt? Ich werfe einen Blick in den Spiegel. Serena natürlich! Mein Gott, diese Drei-erbesetzung ist ein Alptraum!

»Ach, Herr Braun!«, sagt der Verkäufer, »Ihre Hose ist fertig. Einen Moment nur. Hier, meine Dame, wenn Sie mir zur Kasse folgen wollen?«

Die Dame rührt sich nicht, prüft ausgiebig Stoff und Sitz eines Sakkos. Wie lange noch kann der Holzmann mich schützen? Ich muss zahlen, aber zwischen mir und der Kasse steht Norman Braun, der auch einen Sakko prüft, einen grauen natürlich. Es hilft nichts. Ich muss den Hinterhalt verlassen.

»Wunderbare Qualität! Italienisches Leinen, nicht wahr?«, fasele ich.

»Wen haben wir denn da? Serena Kotilge. Was für ein Zufall!«

»Ich nenne das eher eine unglückliche Koinzidenz.«

»Wie wäre es mit Kausalität? Sie wissen schon, gegen-wärtige Ereignisse können nur von vergangenen Ereig-nissen beeinflusst werden. Wollen wir nicht zusammen einen Tee trinken und herausfinden, was uns heute und hier zusammengeführt hat?«

Ich weiß es: Nr. 20. Nein, nach dem Prinzip der Kau-salität müsste man weiter zurückgehen, bis zu dem verdammten Weihnachtsfest oder, besser noch, bis zu meiner Geburt und, wenn man dem Gerede der neid-vollen Verwandtschaft Glauben schenkt, der dämlichen Schwester, die zwei Babys vertauscht haben soll.

»Dürfte ich vorbei? Ich möchte zahlen.«

Er versperrt mir den Weg und taxiert mich unverhoh-len: Louis-Vuitton-Tasche, passend zu der Jeans von

Versace und den Prada-Schuhen. Bei den ihm bekannten Familienverhältnissen hat er bestimmt schon über die Quellen meines Einkommens nachgedacht. Womöglich glaubt er inzwischen, dass ich nebenbei als Callgirl arbeite. Dann tritt er zur Seite.

»Wie wäre es mit Braun oder Blau?«, sage ich im Vorbeigehen. »Könnte Ihren Kleiderschrank von seinen Depressionen heilen.«

»Was wissen *Sie* über meinen Kleiderschrank?«

Ups!

»Meine Schwester meint, dass er ein trauriges Dasein am Rande der Farben fristen muss.«

»Ihre Schwester sollte sich lieber um die Integrationsprobleme *ihres* anatolischen Kleiderschranks kümmern.«

»Sagen Sie es nicht mir, sagen Sie es meiner Schwester!«

Ich zahle und bin fast schon draußen, da ruft er mir nach: »Warten Sie! Darf ich Sie zum Abendessen einladen?«

Und ich antworte blöderweise: »Warum mich? Hatten Sie nicht nach Julias Nummer gefragt?«

Oh, *Shittidi-Shottidi-Schoo!*

16 ♂

Sagenhaft, Operation *Wirbelsturm* zeigt erste Erfolge! Da ich unbedingt wissen will, was Serena gekauft hat, frage ich den Verkäufer.

»Ein weißes Herrenhemd, Kragengröße 40. Der Dame ist ein kleines Missgeschick beim Bügeln passiert.«

Aha! Sole Kotilge hat gestern meine Hemden gebügelt.

Serena hat soeben eines für sie gekauft, das genau so aussieht wie Nr. 20. Armes Mädchen! Sole Kotilge hat für ihre Verhältnisse ein kleines Vermögen ausgegeben. Ich will nicht so kleinlich sein und beschließe, ihr dafür eine Gratisberatung zu geben. Nebenbei will ich an ihr eine meiner Theorien ausprobieren. Das *Berserker-Prinzip* oder die *Neid-Methode?* Wer Neid fühlen kann, spürt, was ihm fehlt und Sole Kotilge fehlt eine Menge. Nicht nur die richtige Frisur, etwas Make-Up und ein anderes Outfit.

Als ich kurz vor sechs Uhr nach Hause komme, stehe ich vor einer verschreckten und rot anlaufenden Serena.

»Darf ich raten? Sie haben es sich mit der Einladung doch überlegt.«

»Ich habe nur meiner Schwester etwas vorbei gebracht und jetzt gehe ich.«

Das Hemd. Meine Vermutung stimmt.

»Sie wollen schon gehen?«

»Sagte ich doch.«

»Und wie? Ich sehe kein Auto in der Einfahrt.«

»Mit der Straßenbahn.«

Ich biete ihr an, sie zu fahren, doch sie lehnt ab.

»Wie Sie wollen. Grüßen Sie Julia von mir!«, rufe ich ihr nach, ein bisschen in der Wunde bohrend.

Darauf antwortet sie mit einem ziemlich scharfen und ausgesprochen sauren: ›Gerne!‹

Ach, was für eine Frau – störrisch, zanksüchtig und wunderschön! Mit einem von Sole Kotilges Kopftüchern könnte sie eine noch größere Ähnlichkeit mit dem Mädchen von Vermeer haben als diese Scarlett Johansson.

17 ♀

Kotilge Nr. 3 läuft aus dem Tor hinaus, steigt hinter dem Haus über den Zaun und schleicht in ihre Wohnung zurück. In Blitzesschnelle verwandelt sie sich in Kotilge Nr. 2 und kommt die Treppe summend herunter. Zum Glück wirft sie im Flur einen Blick in den Spiegel und rennt wieder zurück. Warze vergessen! *Zorro, Superman* und *Cinderella* in einem zu sein, ist wirklich anstrengend.

Während ich, völlig erschöpft, eine Packung Tiefkühlkost veredele, ruft Julia an. Sie ist sehr aufgeregt: »Ich bin am Flughafen und wollte nur schnell Tschüss sagen. Simon und ich, wir fliegen gleich nach Holland.«

»Wohin wollt ihr?«

»Nach Scheveningen.«

»Warum denn das? Das ist der traurigste Badeort der Welt. Selbst wenn in ganz Holland die Sonne scheint, ist es in Scheveningen immer nur grau.«

»Simon tritt dort auf.«

»Wo? In einem von diesen dubiosen Lokalen, die im Winter in einen Container verschwinden und sonst wo gelagert werden? Wann kommt ihr zurück?«

»Am Donnerstag. Wir bringen dir etwas Schönes mit. Mach's gut!«

»Was denn? Eine Dose Haschplätzchen?«

Sie legt auf. Na toll. Ich hätte gerne einen G2 für den

Abend einberufen, bei dem ich Julia in Ruhe erzählen wollte, dass Norman Braun nach *ihrer* Telefonnummer gefragt hat, natürlich ohne Erfolg, denn ich habe sie ihm nicht gegeben.

»War das Ihre Freundin oder Ihre Schwester?« Norman Braun steht plötzlich in der Küche, ganz wie jemand, der gelauscht hat.

»Julia fliegt nach Holland, mit ihrem Liebsten, Simon Bexter. Ich rate Ihnen, sich ein anderes Objekt der Begierde zu suchen.«

»Amsterdam?«

»Nein, Scheveningen.«

»Scheveningen? Will er ihr das Gefängnis zeigen, in dem Milosevic gestorben ist, oder die Bausünden der Siebziger? Mit einer Frau wie Julia fährt man nach Venedig, doch nicht nach Scheveningen!«

Na, mindestens darin sind wir einer Meinung.

»Verstehe«, sage ich, »kurz vernaschen und dann ab in den *Canale Grande*. Ich darf dann die Leiche herausfischen. Sie erwarten nicht etwa von mir, dass ich Ihnen dabei behilflich bin?«

»Warum so misstrauisch? Haben Sie in den fünf Monaten, in denen Sie für mich arbeiten, irgendwelche Leichen hier herumliegen sehen?«

»Hier nicht. Ich bin mir aber sicher, dass der Keller voll davon ist.«

»Ich kann mich nicht erinnern, sie jemals als Beichtfrau meiner amourösen Delikte beansprucht zu haben. Wie kommen Sie also darauf?«

Aus den wütenden Mails Ihrer Ex, die ich heimlich gelesen habe, möchte ich ihm am liebsten antworten. Das wäre aber ein Grund für eine fristlose Entlassung. Darum wechsele ich das Thema und sage: »Das Essen ist fertig. Es gibt chinesische Nudeln mit scharfer Mandelsauce und karamellisierte Banane in Kokosmilch.«

»Würden Sie mir Gesellschaft leisten? Selbstverständlich im Esszimmer.«

»Darf ich raten? Da ich nicht glaube, dass Sie verrückt nach mir sind, kann Ihr plötzlicher Wunsch, Ihr Hausmädchen zu hofieren, nur ein Vorwand sein, um über Julia zu reden.«

»Nein. Über Serena.«

Hilfe, schreie ich innerlich! Er will mit mir über mich reden. Es hat noch nicht zwölf geschlagen. Ich könnte mit *beiden* Birkenstockschuhen aus dem Haus rennen, in eine als Taxi verzauberte Kutsche steigen, zum Schloss meiner Eltern zurückkehren und ein Jahr lang alle Kamine durchfegen, damit der arme Weihnachtsmann nicht über den Balkon zu klettern braucht.

18 ♂

Ich bin mehr als zufrieden. Dank meiner Hilfe ist ein schlummernder Neid-Wichtel aufgewacht und hat Sole Kotilge infiziert. Ein kleines, tückisches, gelbes Monster, das bei jedem Glas Wein sich mehr und mehr in die Eingeweide seines Opfers hineingefressen hat. Bei der zweiten Flasche ist es wohlgenährt herausgesprungen, hat mit der Faust auf den Tisch geschlagen und gebrüllt: »Warum muss Serena alles haben?«

Das Ende der Resignation! Die Geburt von Neid und Wut!

»Vom ersten Tag an haben meine Eltern sie bewundert, verhätschelt und fast zu Tode fotografiert«, fängt sie an zu klagen. »Sie haben sogar ein Märchen für sie erfunden, von einer wunderschönen schwangeren Königin, die sich im Wald verläuft und ihr Kind in der Hütte eines hässlichen Medizinmannes und einer noch hässlicheren Kräuterhexe bekommt. Die Königin stirbt und das Gaunerpärchen zieht das Mädchen als ihre Tochter auf. Natürlich haben die beiden auch eine eigene Tochter, die leider … leider …«

»Ganz nach Ihnen kommt?«

»Genau! Woher wissen Sie das? Am Ende gibt es das Märchen doch?«

»Nein, aber wie gefällt Ihnen die Geschichte vom hässlichen Entlein?«

»Das war *mein* Lieblingsmärchen. Ich habe aber umsonst gewartet. Wie soll auch aus einem Schwan eine kalikutische Henne werden?«

»Sie meinen … aus einer kalikutischen Henne ein Schwan?«

»Klar doch.«

»Vielleicht sind Sie nur ein Schwan als kalikutische Henne verkleidet, und ich könnte Ihnen helfen, endlich ein Schwan zu werden.«

Als die Flasche leer ist, stimmt sie lallend zu. Zu den Einzelheiten kommen wir nicht mehr. Sole Kotilge ist so betrunken, dass ich ihr die Treppe hoch helfe. Dabei entgeht mir nicht, dass unter dem vielen Stoff sich durchaus brauchbares Material versteckt. Gleich morgen früh werde ich in die Rolle von Professor Higgins schlüpfen und mich an Groucho Marx' Schwester versuchen. Leider ist Sole Kotilge keine Audrey Hepburn und auch kein Schwan. Na, sagen wir mal, mit den schwarzen Haaren ähnelt sie mehr einer Kanadagans.

19 ♀

Was für ein scheußlicher Traum! Ich humpelte völlig betrunken eine breite Treppe hinunter, in einem Abendkleid von Balenciaga, verfolgt von Norman, der eine Birkenstocksandale in der Hand hielt. Bevor er mich packen konnte, bin ich in eine Gondel gesprungen, in der Simon und Julia mit dümmlich grinsenden Clownmasken und funkelnden Gucci-Uhren saßen und Haschplätzen mit holländischem Käse verzehrten. Schrecklich! Verkatert stehe ich auf und mir wird speiübel, denn mir fällt plötzlich mein Zugeständnis ein. *Norman will mich demaskieren.* Und dann? Soll ich vielleicht sagen, ich wäre ein als kalikutische Henne verkleideter Zwillingsschwan? Ich wünsche mir, wie in dem Roman von Marlen Haushofer, eines Morgens in einer Hütte in den Alpen aufzuwachen, gegen eine gläserne Wand zu prallen und mit einem Hund, einer Katze und einer Kuh ein zweites Leben, nein, bei mir wäre es schon das vierte, zu beginnen. Und sollte Norman Braun auch dort auftauchen, erschieße ich ihn, selbst wenn er der einzige Mann weit und breit wäre.

Wenn man der Meinung ist, das *unmittelbare Sein* sei manchmal unerträglich, sollte man es erst mit dem *Nicht-Sein* versuchen. Das ist tödlich. Gott, sehe ich schlecht aus! Sogar ohne die Attrappen im Gesicht. Normalerweise wäre jetzt das ganze Post-Kater-Notprogramm angesagt: Eine Dauerinfusion Mineralwasser, Kopfstand in einem Eiskübel und zwei dicke Schichten Camouflage-Make-Up. Normalerweise! Alles, was ich aber jetzt brauche ist etwas hautfreundlicher Kleber und ein Haarnetz.

Die dämliche Perücke will aber nicht sitzen. Entweder ist sie vor lauter Schwitzen eingelaufen oder der Alkohol hat außer den Augen auch noch den Kopf anschwellen lassen, was bei den Kopfschmerzen, die ich verspüre, gut möglich ist. Das Kopftuch muss reichen.

Warum nur habe ich mich gestern Abend so gehen lassen? Warum nur habe ich mich ihm gegenüber geöffnet?

Als ich nach unten gehe, ist Norman schon auf. Der Wohnzimmertisch ist abgeräumt, die Küche sauber, die Spülmaschine läuft, und es duftet nach Kaffee.

»Guten Morgen«, flötet er, frisch und voller Tatendrang. Kein Wunder! Das Meiste habe ich getrunken.

»Ich dachte, Kaffee wäre heute besser als Tee.«

Er ist zum Weggehen angezogen. Das bedeutet, dass er mit mir, wie mit Tamara Haferkamp, in die Stadt möchte, zum Einkaufen, zur Kosmetikerin, zum Friseur … Zum Henker mit ihm! Das geht nicht! Der ganze Schwindel fliegt auf. Wäre es nicht so schwer, einen anderen Job zu finden mit so vielen Vorteilen, hätte ich auf der Stelle Kotilge Nr. 2 ermordet und ihre Leiche in den Main geworfen. Kotilge Nr. 1, der nur noch 100 Seiten fehlen, denkt aber: ›Lass dir schnell etwas einfallen!‹

Norman reicht mir eine Tasse Kaffee.

»Oh, danke … sehr aufmerksam … soll ich Ihnen Frühstück machen?«

»Nicht nötig, ich habe schon gefrühstückt. Trinken Sie nur!«

Beinahe hätte ich ihm den ersten Schluck ins Gesicht gespuckt.

»Sie kennen die Aufbrühtemperatur von allen Teesorten der Welt, aber vom Kaffee verstehen Sie nichts. Was ist das für ein Brechmittel?«

»Bio-Kaffee zapatistischer Kleinbauern aus Chiapas mit dem Saft von unbehandelten Zitronen aus Sizilien.«

»Könnte ich nicht zwei Aspirin aus Leverkusen mit einem Glas Wasser aus Selters bekommen?«

»Nun machen Sie schon! Wir haben heute viel vor. Und wie ich sehe, viel mehr als gestern. Wollen sie wirklich so weggehen? Mit dem Ding auf dem Kopf?«

»Hm, Herr Braun, oder soll ich lieber *Ihro Gnaden* sagen, wie die Entleinmutter zur fetten Ente mit dem roten Lappen um das Bein?«

»Sie kennen das Märchen wohl auswendig.«

Klar doch, ich habe ein phänomenales Gedächtnis, nur dass Biba einige Korrekturen vornehmen musste: Im Riesenei war nichts anderes als ein hässlicher kalikutischer Hahn mit blau gefärbten Federn und einem Kammpiercing, der nie schwimmen gelernt hat und im Teich ertrunken ist.

»Wissen Sie, was die Ente aus spanischem Geblüt zu der Entleinmutter gesagt hat?«, frage ich.

»Nein.«

»Sie hat gesagt: *Alle schön, bis auf das eine. Das ist nicht geglückt. Ich möchte, dass sie es umarbeiten könnte.* Die Mutter aber hat geantwortet: *Es ist zwar nicht hübsch, aber es hat ein innerlich gutes Gemüt.* Herr Braun, ich weiß, dass ich zu lange in dem Ei gelegen und deshalb nicht die rechte Gestalt bekommen habe. Ich denke aber trotzdem, dass wir alles so lassen sollten wie es ist. *Rapp, rapp.*«

20 ♂

Es sind noch weitere zwei Wochen vergangen und ich habe meine Schreibblockade mit keinem der gängigen Strategien überwunden. Immerhin, nachdem ich um das Starwort einen Kranz aus Herzchen gemalt habe, weiß ich nun, woher sie kommt: Ich habe mich in Serena verliebt, die laut Sole Kotilge nichts von mir wissen will, was meinen Zustand natürlich nur noch verschlimmert. Es ist keine der üblichen Verliebtheiten, es ist mehr und höchst unerfreulich, eine völlig neue Erfahrung, die mich schlaflos, appetitlos und schwermütig macht. Ich verlasse kaum noch das Haus, vor allem nicht mehr nach den drei Fragezeichen, suche auch keine Erstausgaben und wimmele die verirrten Ratsuchenden ab. Wie soll ich jemandem helfen, wenn ich nicht in der Lage bin, mir selbst zu helfen? Und was hilft schon gegen Liebeskummer? Alkohol? Nein, der konserviert nur. Kluge Sprüche wie: *Liebe ist nie verloren. Wird sie nicht erwidert, so fließt sie zurück und tröstet und reinigt das Herz?* Mein Herz fühlt sich keineswegs gereinigt an, eher wie ein verseuchter Klumpen. Serena hat mein perfektes Leben auf den Kopf gestellt und vergiftet.

Und so laufe ich wie ein missgelaunter und deprimierter Oblomow seufzend herum, apathisch und schläfrig, im Morgenmantel, mit einem Buch von Arnold Stadler unter dem Arm, das ich nur bis zur Seite 15 gelesen habe, das mich aber trotzdem überall hin begleitet, auch ins

Bett, ganz allein wegen des Titels, dieses einzigen rot leuchtenden Wortes am Ende eines Mastes: *Sehnsucht.* Nachts träume ich oft von Serena, zuletzt war sie als Griet verkleidet, das Mädchen mit dem Perlenohrring. Sie saß auf meiner Kommode mit einem Globus in einer Hand und einem riesigen roten Kardinal-Apfel in der anderen. Am nächsten Morgen habe ich mir gleich ein Poster von Vermeers Bild gekauft und es im Wohnzimmer aufgehängt. Für den Maler war Griet eine Inspiration, für mich ist sie durch die Ähnlichkeit mit Serena geradezu hypnotisierend.

Tamara Haferkamp platzt in mein Grübeln herein, zusammen mit Cato, der in einem lilafarbenen Hunderegenmantel steckt. Sie lassen sich tropfnass auf mein Nappaledersofa fallen. Früher hätte ich mich über so etwas aufgeregt. Jetzt ist es mir alles egal.

»Hi, Tamara! Wie geht's?«, sage ich müde, ohne dabei die Augen von Griet abzuwenden.

»Viel besser. Wie du mir geraten hast, habe ich die Finger von Max' Büchern gelassen und *Summertime* von Coetzee gelesen. Abgesehen davon, dass es das Bild eines frauenlosen, unattraktiven, einsamen, deprimierten Versagers zeichnet, der sich umbringen will, ist es, wie du gesagt hast, ein wirklich *leichtes* Buch. Danke für den Tipp.«

»Gern geschehen. Was macht dein Liebesleben?«

»Mein Liebesleben?« Tamara seufzt. »Das klappt noch nicht so richtig. Da lade ich wieder diesen Lars ein, du weißt schon, den *9½-Wochen*-Typ, und er fragt mich, ob ich an erotischen Spielen interessiert bin.«

»Ihr habt *Monopoly* mit Freudenhäusern, Eros-Centern und Sex-Salons an Stelle von Bahnhöfen und Hotels gespielt?«

»Schlimmer. Es ging um bestimmte Fantasien, die er gerne ausleben wollte. ›Mein Kühlschrank ist heute voll‹, sage ich. ›Womit soll ich mich schmieren? Honig? Nutella? ... Nein? Mayonnaise? Sahnemeerrettich?‹ Bei allem hat er den Kopf geschüttelt. Er sagt, dass er Pferd spielen möchte. Ich soll auf allen Vieren laufen, wiehern und so tun, als sei ich eine rossende Stute. Dann kommt er, der Hengst, flehmt und besteigt mich. Weißt du, was flehmen ist?«

»Klingt irgendwie unanständig.«

»Dachte ich auch. Nicht ganz, Flehmen ist das am geöffneten Maul erkennbare Wittern von Kopulinen, hat er mir erklärt. Lars ist Biologe und Kopuline sind Sexualhormone. Norman, ich habe Architektur studiert, bin selbständig und werde gefragt, ob ich mich in eine rossende, wiehernde, tretende und flehmende Stute verwandeln möchte. Na ja, da ich keine Lust hatte, beim Galoppieren auf den Fliesen mir meine Kniehufe zu ruinieren, habe ich ihn gefragt, ob ich nicht eine rollige Sofakatze spielen könnte. Nein. ›Wie wäre es mit zwei Karpfen in der Badewanne?‹ Zu nass. ›Zwei Bettflöhe?‹ Darüber hat er bloß gelacht. ›In Gottes Namen‹, sage ich. Der Kerl sieht so verdammt gut aus, dass ich nachgegeben habe und in den teuren Sachen, die wir gekauft haben, wiehernd, auf vier Beinen durch mein Schlafzimmer getrabt bin. Und was glaubst du, wer da plötzlich in der Tür steht? Norman, hörst du mir überhaupt zu?«

»Ein Aufseher aus der Psychiatrie? ... Nein? Ein Zirkusdompteur? ... Auch nicht? Deine Mutter?«

»Nein, Max! Er will die Scheidung. Sag mal, warum starrst du die ganze Zeit die Wand an?«

Sole Kotilge kommt mit einem Tablett, um mein unberührtes Frühstück abzuräumen, und ich drehe mich endlich um. Mein Gesicht bewegt sich, unklar, ob daraus ein verklärtes Lächeln oder ein verblödetes Grinsen werden soll.

21 ♀

Wenn man aus dem Fenster schaut und Menschen mit Regenschirmen oder Hunde in Regenmänteln sieht, weiß man, dass es regnet. Sieht man niemanden, ist es vermutlich ein Feiertag. Schnee bedeutet Kälte, flirrender Asphalt Hitze, das Mädchen mit dem Perlenohrring an der Wand, das eine große Ähnlichkeit mit Kotilge Nr. 1 und 3 hat, bedeutet: Chaos.

Die ganze Zeit schon frage ich mich, warum das so gut durchorganisierte Leben plötzlich aus dem Ruder gerät, Norman nur noch untätig zu Hause hockt, nachts herumgeistert und Kotilge Nr. 2 deswegen weder Bücher noch Internet ungestört benutzen kann. Die Antwort ist: Er hat sich in ›mich‹ verliebt. Ich sollte aussteigen!

Nach Feierabend fahre ich sofort zu Julia.

»Pssst«, zischt Julia, »Simon probt. Der Sohn seines Bäckers wird morgen fünf«.

Er steht auf dem Wohnzimmertisch, versucht sich lang und dünn zu machen und schreit: *»Merde, Chef, je suis complètement brûlé!«*

»Stopp! Stopp! Wieso sprichst du Französisch?«, frage ich ihn.

»Weil ich ein wütendes, angebranntes Baguette bin.«

»Das verstehen die Kinder doch nicht. Und überhaupt, du kannst nicht bei einer Kinderparty ein solches Wort benutzen.«

»Okay, dann bin ich ein wütendes, angebranntes, bayrisches Hausbrot namens Gustel und sage ›Sakrament.‹ In Ordnung? Kann ich jetzt weitermachen?«

»Nur zu!«

»Ja, Chef, Gustel hat recht, der Backofen war heute so heiß, dass ich mir die Blätter angesengt habe. Wenn ...«

»Moment mal! Blätter? Wer soll das sein?«

»Ein Blätterteig-Vanillepudding-Kaffestückchen natürlich.«

»Ach so. Das ist gut, ja wirklich, lass dich bloß nicht verunsichern!«

»Fällt mir, ehrlich gesagt, nicht leicht, wenn du mich ständig unterbrichst.« Er geht leicht sauer in die Hocke und bläht sich auf.

»Achtung!«, ruft er, »Jetzt bin ich ein Windbeutel, der zu einem Amerikaner spricht: *Schätzchen, ich glaube, du hast heute etwas zu viel Puder aufgelegt.* Der Freund des Amerikaners: *Halt die Luft an, du Fannkuchen ohne Beene! Sonst gibt es Bimse.«*

»Wieso redet der Windbeutel so affektiert?«

»Weil der Amerikaner schwul ist.«

»Der Amerikaner und der Berliner sind ein schwules Pärchen?«

Julia bekommt einen gefährlichen Lachanfall. Liebe, eine chemische Affäre! Ganze Hirnbereiche sind gedopt und lahm gelegt. Simon übt weiter, nicht mehr ganz so enthusiastisch. Nach einem friedenstiftenden Croissant, dem Gestöhne einer ausgelaugten Käsestange und einem genervten nach Ruhe flehenden Apfel im Schlafrock hört er plötzlich auf, kreuzt die Arme über der Brust und schaut mich geknickt an.

»Wen mimst du gerade? Eine beleidigte Brezel?«

»Es hat dir nicht gefallen, nicht wahr?«

»Doch, warum?«, sage ich. »Es war ganz okay. Als verschlafener Apfel bist du unschlagbar, doch, wirklich. Vielleicht solltest du noch etwas an dem Croissant arbeiten, sein Akzent ist nicht ganz perfekt … Ach! Kann mich jemand von *Cinderella* in *Dornröschen* verwandeln? Bitte! Mein Leben war nicht kompliziert genug, da hat der liebe Gott entschieden, dass Norman sich in mich verknallen soll.«

»*Waaas?*« Julia ist entsetzt. »Da sieht man, wie man sich irren kann. Hätte ich nie gedacht, dass er Intelligenz und innere Werte mehr als Schönheit schätzt.«

Simon beendet seine Vorstellung mit einem Sprung und einem Purzelbaum. »Der innere Wert ist die Differenz zwischen dem aktuellen Kurs des Basiswertes und dem Bezugspreis. Nun stellt sich aber die Frage, warum jemand bereit ist, einen Optionsschein zu kaufen, der nicht viel Wert hat. Die Erklärung liegt darin, dass einem Schein mit einer längeren Laufzeit bessere Chancen eingeräumt werden, dem Investor einen Gewinn zu bescheren, als einem nur noch kurz laufenden.«

»Du redest von mir, als wäre ich eine Aktie«, sage ich etwas beleidigt.

»Lass dir sagen, Sole, schöne Frauen, die nur sich selbst im Kopf haben, sind anspruchvoll, untreu, geben viel Geld aus, führen keine intelligenten Gespräche, keinen Haushalt und gehen lieber essen als zu kochen. So gesehen bist du auf längerer Sicht durchaus eine gute Investition.« Simon grinst.

Julia und ich schauen Simon überrascht an. So viel Finanz-Know-how hätten wir einem Clown nicht zugetraut.

»Stopp!«, rufe ich. »Ihr versteht das völlig falsch. Er hat

sich nicht in sein Hausmädchen, sondern in Serena verliebt. Ich komme mit meiner Arbeit nicht weiter, weil er nur noch zu Hause herumgeistert.«

»Tja! Ich schätze, die einzige Person, die dir in dieser Sache helfen kann, ist Serena. Sag ihr, sie soll so tun, als wäre sie an Norman interessiert. Dann geht Norman mit ihr aus, und du kannst wieder in Ruhe arbeiten.«

»Das ist kein Alptraum, das ist eine Massenpsychose. Hier scheint jeder vergessen zu haben, wer ich bin!«

»Über so etwas kann man nicht hungrig und nüchtern reden«, beschließt Julia und holt Bier und Sojawurstschnitten aus dem Kühlschrank.

Simon rümpft sogleich die Nase, fragt, ob sich in ihrem Kühlschrank nicht auch ein *Frankfurter Pärchen* eingeschmuggelt hätten und geht dann kopfschüttelnd ans Telefon. Er bestellt drei ›Mafiatorten‹, und das bringt mich auf eine rettende Idee.

22 ♂

Webbers Videofilm über Vermeer und seine Magd Griet schaue ich mir mehrmals hintereinander an und trinke dabei, vor dem Mittagessen. Als Folge torkele ich im Garten herum und spreche mit meinen Rosen lateinisch. Plötzlich hält ein schwarzer Mercedes, Marke Beerdigungsinstitut, direkt vor meiner Einfahrt an. Ein schlaksiger Riese mit einem schwarzen Overall steigt aus, wie Michael Rennie aus seinem Raumschiff, und kommt mit einem merkwürdigen Lächeln direkt auf mich zu.

»Guten Tag«, sagt er. »Ich habe Sie gesucht.«

»Mich?«

»Es war nicht einfach, aber ich habe Sie gefunden. Nun, es ist so weit. Wir sollten gehen.«

»Muss das denn sein?«

»Leider ja. Warum sind Sie noch nicht fertig?«

»Ich soll mich fertig machen?«

Der Riese schaut auf seine Uhr und sagt: »Die Zeit drängt.« Irgendwie hat die ganze Szene etwas Surreales.

»So plötzlich?«, frage ich. »Ist es nicht zu früh … zum Gehen.«

»Zu früh? Nein, nein, was mich betrifft, ich bin pünktlich. Oder sind Sie anderer Meinung?«

»Ich weiß nicht so recht.«

»Doch, doch.«

»Mag sein, aber … auf diese Art? Das hätte ich nicht gedacht.«

»Reißen Sie sich zusammen und ziehen Sie sich um!«

»Sie meinen, dass es so … nicht geht?«

»Im Morgenmantel? Aber mein Herr, man muss den äußeren Schein bewahren. Sie wollen nicht die Gefühle der anderen verletzen?«

»Es gibt also noch mehr Leute in meiner Lage.«

»Viel mehr als Sie denken.« Er tippt auf seine Armbanduhr.

»Ich will nicht«, schreie ich und renne weg. Meine Beine sind aber schwer wie Blei und ich komme kaum voran. Der Mann verfolgt mich und ruft immer wieder meinen Namen: »Herr Braun! Herr Braauuun! Wachen Sie auf!«

Ich mache die Augen auf und sehe Sole Kotilge, über mich gebeugt, was nicht weniger furchterregend ist.

»Sie müssen etwas Schlimmes geträumt haben«, sagt sie.

Sie ist es, die meinen Namen gerufen und mich wachgerüttelt hat. Ich bin auf dem Sofa eingeschlafen. Der Film läuft noch, *Sehnsucht* liegt auf meinem Bauch. Ich setze mich auf, stecke das Buch wieder unter den Arm und sage noch ganz benommen: »Entsetzlich! Ein Leichenwagen wollte mich abholen.«

»Ein Leichenwagen? Oh, das heißt, dass Sie Gefühle und Erwartungen haben, die Sie lieber begraben sollten.«

»Furchtbar! Ich war wie gelähmt und konnte nicht weglaufen.«

»Eine Lähmung könnte das Ende von etwas bedeuten.«

»Woher haben Sie Ihr Wissen, aus der *Bildzeitung* oder aus *Planet Wissen?*«

»Weder noch. Aus Julias Traumlexikon *Seelenbotschaften und Zukunftsvisionen* von Roswitha Edinger.«

»Wie wäre es, wenn Sie ab und zu auch ein gutes Buch lesen würden.«

»Heißt es, Sie sind um meine Bildung besorgt? Könnten Sie mir etwas empfehlen?«, fragt sie zynisch.

»Nehmen Sie sich ein paar Frauenromane der Weltliteratur vor. Romane wie *Anna Karenina, Madame Bovary* oder *Effi Briest!* Sie gehen alle schlecht aus.«

»Verstehe! Wenn schon keine Identifizierung mit den Romanfiguren, dann wenigstens kein Happy End. Darf ich mir die Bücher gleich ausleihen? Bemühen Sie sich nicht! Tolstoi, Flaubert, Fontane. Ich weiß, wo sie stehen: 1819 bis 1828. Ach, übrigens, meine Schwester lässt fragen, ob Ihre Einladung noch gilt. Hier ist ihre Handynummer. Sie sollen sie anrufen.«

»Was haben Sie da gerade gesagt?«

»Über die Bücher oder über Serena?«

»Über Serena natürlich. Will sie wirklich mit mir ausgehen?«

»Das hat sie gesagt.«

Ich springe auf, werfe den Stadler zur Seite und rufe

triumphierend: »Tsa! Sagen Sie Julia, dass ihre Roswitha sich irrt, und machen Sie mir einen starken Kaffee!«

»Einen *Zapalemon,* kommt sofort.«

23 ♀

Erfolgreiche Besprechung! Nach genügend Bier und den drei ›Mafiatorten‹ vom Pizzaservice haben wir gestern einen Plan gefasst. Die Lösung meiner Probleme basiert auf: Manieren und Kommunikation. Beides zeigt die soziale Zugehörigkeit, und da es in der Gesellschaft ein Oben und ein Unten gibt und Serena angeblich von unten, Norman dagegen von oben kommt, sollten ein Mangel an Umgangsformen und bestimmte umgangssprachliche, saloppe Ausdrücke ihn schnell *abtörnen.* Eine schlecht erzogene *Tussi,* selbst wenn sie *etwas in der Birne* hat und eine *megageile Schnecke* ist, braucht keine zehn Tage wie Kate Hudson dazu, zehn Minuten *Zufönen* reichen schon.

Während ich tiefgefrorenen Spinat zu einer *mousse verte au béchamel* verarbeite, klingelt Julias Handy. Wir haben unsere Handys nach der Besprechung getauscht. Diese Aktion gehörte auch zum Plan. Seitdem bin ich von Julias Schwester, Julias Vater, einem Kater, einem Fuchs und, wer hätte das gedacht, von Remo angerufen worden, der seine Freundin zum Essen einladen wollte und das Rezept für das Ricotta-Lebkuchen-Soufflé brauchte.

Ich schließe die Küchentür, in dem Glauben, es sei Norman, und melde mich mit einem neutralen »Hi!«.

»Sole?«

»Mutter?«

»Wieso bist *du* dran?«

»Wieso rufst du *Julia* an?«

»Wieso? Was glaubst du, wer die ganze Zeit deinen Vater und mich darüber informiert, wie es dir geht?«

»Ihr hättet auch *mich* fragen können.«

»Nach der ›Strickanleitung‹, die du uns an Weihnachten an den Kopf geworfen hast? Nein, nicht bevor du dich bei uns entschuldigst!«

»Dasselbe kann ich auch sagen.«

»Ich möchte wissen, woher du diese Sturheit hast? Von mir oder deinem Vater ganz bestimmt nicht.«

Da waren sie wieder, die Anführungsstriche, Ausrufe- und Fragezeichen!

»Laß gut sein, Mutter. Wie geht es dir?«

»So lala, und dir?«

»Es könnte nicht besser gehen. Ich führe ein sehr … abwechselungsreiches Leben. Was macht Vater?«

»Wir leben getrennt.«

»Waaas?«

»Ja, Struppi hat leider die Wahrheit gesagt. Dein Vater betrügt mich. Telefonsex! Stell dir vor! Ich habe unzählige Rechnungen, die seine *abartigen* Neigungen belegen. Aber, ganz egal wie die Sache ausgeht, wir lieben dich und wir vermissen dich sehr. Außerdem heiratet Lilli diesen Ralf Soundso, nächsten Monat schon. Das wäre eine gute Gelegenheit, um das Ganze zu bereinigen, meinst du nicht? Wann kommst du wieder nach Hause, Liebes?«

»Habe ich überhaupt noch ein Zuhause?«

»Selbstverständlich hast du noch ein Zuhause! Dein

Vater und ich, wir wohnen immer noch unter demselben Dach. Tisch und Bett teilen wir uns jedoch nicht mehr. Das Telefon natürlich auch nicht. Er hat sich im Gästezimmer einen Anschluss legen lassen, das heißt, dass er mich weiter betrügt, obwohl er behauptet, das wäre kein Betrug. Er nennt es: ›Anthropotomie der anderen Art‹.

»Was heißt das?«

»Er sagt, ich als Gynäkologin hätte über den menschlichen Körper geredet wie aus einem Lexikon der funktionellen Anatomie. Das wäre *abtörnend*, nicht *geil*, verstehst du? Solche Worte hat er früher nie benutzt. Kannst du nicht mit ihm sprechen?«

»Ich?« – Nein! Eltern stehen für Schutz, Geborgenheit und Fürsorge. Sie sind weder homo-, hetero- noch bisexuell. Sie sind ganz einfach asexuell. Meine sind es anscheinend nicht. Schlimmer noch, sie haben Sexprobleme!

Norman kommt herein, Telefon am Ohr, und fragt mich, wo sein Nachmittagstee bleibt.

»Mutter, ich muss jetzt aufhören. Wir reden ein anderes Mal darüber.«

»Versprochen?«

»Versprochen.«

Ich lege schnell auf und schalte das Handy auf stumm. Was habe ich mir eigentlich gedacht, wie das gehen soll, wenn Serena Anrufe von Norman in Normans Haus bekommt?

»Immer noch besetzt«, sagt er und probiert es gleich nochmal.

»Endlich! Jetzt ist es frei.« Er geht mit einem freudestrahlenden Lächeln, und ich hetze in mein Zimmer, um ihm zu antworten. Nach einem kurzen Smalltalk lädt Norman mich zu einem Abendessen ein.

»Essen? Nee, mache gerade eine Diät. Wie wär's mit

Kino?«

Er sagt, im Kino gäbe es nichts Sehenswertes und schlägt als Alternative eine Ausstellung von Zhao Nengzhi in der L. A. Galerie vor.

»Kunst? *Das Omen 666* wär' mir lieber. Das soll ein supergeiler Film sein, über vertauschte Babys, Nannys, die sich aufhängen, hysterische Hirnis und so. Da ist echt was los. Sie stehen nicht auf Grusel? Na gut, dann ziehen wir uns etwas Kultur rein. Ist fünf Uhr recht?«

Ich muss aufpassen, dass ich es mit der linguistischen Abschreckungsmethode nicht zu sehr übertreibe. Die letzten Gespräche sind immerhin von ganz anderer Art gewesen. Na und? Wenn Bukowski, dessen Vorbilder Tschechow, Hemingway, Fante und Céline gewesen sind, eine derbe Sprache benutzt hat, kann Serena das auch, trotz Kant und Jean Paul.

Norman räuspert sich und schweigt kurz. Möglicherweise habe ich es in nur zehn Sekunden geschafft.

»Wo darf ich Sie abholen?«, fragt er dann etwas zögernd.

»Nicht nötig«, antworte ich. »Wir treffen uns dort.«

Kotilge Nr. 4, eine Psycho-Zicke mit humanistischer Bildung und Ausdrücken aus einem Lexikon der Jugendsprache, zugegeben, einer etwas veralteten *Pons*-Ausgabe, ist geboren. Und sie hat kein Zuhause, denn, diese Kotilge wird nicht so lange existieren.

24 ♂

Wenn man einen Mann nach der Farbe der Augen oder den Schuhen einer schönen Frau fragt, die gerade an ihm vorbeigelaufen ist, kann er darauf nichts Genaueres antworten. Alles, was er sagen kann, ist: »Sie sah gut aus.« Fragt man aber eine Frau nach dem Mann, der mit dem Fahrrad gerade an ihr vorbeigeflitzt ist, weiß sie alles: was er anhatte, wonach er roch, ob seine Hände gepflegt und seine Haare gut geschnitten waren. Und während Männer nicht mehr wissen, welche Unterhose sie vor zehn Minuten angezogen haben, wissen Frauen noch nach Jahren, was er bei der ersten Verabredung getragen hat. War das Outfit unpassend, reden sie ein Leben lang davon.

Darum befolge ich meine eigenen Ratschläge und widme der Angelegenheit, die normalerweise höchstens zehn Minuten gedauert hätte, viel mehr Zeit. Doch am Ende sehe ich genauso aus wie immer. Nur ein geschultes Auge hätte den Unterschied zwischen *dem* dunkelgrauen Anzug mit *dem* weißen Hemd und *dem* dunkelgrauen Anzug mit *dem* weißen Hemd erkannt. Bevor ich das Haus verlasse, ruft Sole Kotilge mir zu: »Nr. 17? Eine gute Wahl!«

Ich bin pünktlich, Serena nicht. Menschen, die über das Zuspätkommen anderer klagen, rate ich immer, anstatt sich zu ärgern, die Wartezeit produktiv zu nutzen, sich zu entspannen, eine Zeitschrift zu lesen oder einen Kaffee zu trinken. Denen, die sich chronisch verspäten, weil sie der optimistischen Annahme unterliegen, dass nichts Unvorhergesehenes geschehen wird, mache ich klar, wie wichtig die *statistische Korrektur* ist.

Angenommen, man hat eine Verabredung am anderen Ende der Stadt, wozu im Idealfall ohne die Korrektur (Verkehr, Unfälle, Parkplatzsuche usw.) vierzig Minuten reichen, dann kommt man statistisch gesehen von einhundert Fällen achtzig Mal zu spät. Mit einer Korrektur von dreißig Minuten (40+30=70) kommt man in vierzig Fällen früher, in fünfundfünfzig Fällen pünktlich und nur in fünf Fällen zu spät.

Vierzig Minuten später ist Serena immer noch nicht da und ich bin ein Nervenbündel. Hätte es sich nicht um Serena gehandelt, wäre ich schon nach einer Viertelstunde gegangen.

Doch endlich kommt sie, steigt aus dem achtzehnten Taxi aus und fragt: »Warten Sie schon lange?«

»Ja, lange genug, um nach dem Grund zu fragen. Ist etwas passiert?«

»Nee, warum?«

Statistische Korrektur völlig überflüssig!

»Weil ich einhundertundachtunddreißig Mal auf und ab gegangen bin, siebzehn Taxis, dreißig Flugzeuge und fünfunddreißig Menschen mit Regenschirmen gezählt habe. Es hat sich aber gelohnt. Nettes Kleid. Blau passt ausgezeichnet zu Ihren Augen. Wenn Sie jetzt noch ein blaues Kopftuch tragen würden, dann ...«

»Und Sie weniger Grau. Haben Sie wie Einstein auch zwölf gleiche Anzüge im Schrank?«

»Nur die Hälfte.«

»Das ist so aufregend wie jemand, der immerzu verbindlich lächelt. Wie wäre es mit etwas mehr Farbe, Witz und Kreativität?«

»Vor dem Kleiderschrank zu stehen und sich zu überlegen, was man anziehen soll, ist nicht kreativ, es ist bloße Zeitverschwendung. Und einen riesengroßen bunten Schwanz als Lockmittel zu schleppen, um von einer Henne ausgewählt zu werden, die sich Nachkommen wünscht, die mindestens ebenso große Schwänze haben, brauche ich nicht.«

»Aha! Sie lehnen Miller ab und sind der beste Beweis für seine Pfautheorie. Anstatt mit dem Federschwanz schlagen sie in einer Tour mit ihrer Zunge Rad. Wollen wir?«

Sie geht vor und ich muss drei Mal niesen. Entzückend! Der Abend verspricht amüsant zu werden. Kaum sind wir in der Galerie, muss ich mich besinnen. Die gleiche Frau, die gerade gezeigt hat, dass Evolution herzlos, aber niemals humorlos sein kann, schaut sich kurz um und ruft: »Das ist ja ätzend! Was sind denn das für Fratzen?«

Peinliche Blicke der Besucher: drei Pärchen, fünf Frauen und zwei Männer. Beim Warten gezählt. Ich drücke ihr einen Prospekt in die Hand und sage: »Hier! Es heißt *Gesichtsausdrücke*. Haben Sie das große Plakat am Eingang nicht gelesen?« *Ich* hatte es gelesen, ganze zweihundertundvierzig Mal.

Serena zuckt mit den Schultern und wirft das Ding in den nächsten Mülleimer. Völlig desinteressiert schlendert sie dann herum, drückt ihre hübsche Nase an den Bildern platt, was die Aufseher in Unruhe und Bereitschaft versetzt, und tönt wieder: »Für mich sind es Portraits von hässlichen, verkrampften Menschen oder gar aufgedunsenen Wasserleichen. Steh'n Sie auf sowas?«

Sie schaut mich an, als müsste ich ein Geständnis ablegen.

»Falls es Sie beruhigt, ich bin weder pervers noch nekrophil. Hier geht es um abstrakte Menschen, bei denen Körper und Geist uneinig sind. Zhao Nengzhis versucht die Ambivalenz und Unbestimmtheit menschlicher Gefühle wie Angst, Schmerz, Grausamkeit und Wut darzustellen.«

»Oh ja, echt horrormäßig ist das! Das hätten wir aber auch im Kino haben können, nur unterhaltsamer.« Sie schiebt sich einen Kaugummi in den Mund.

Ein anderer Besucher mischt sich empört ein: »Junge Dame, in der Kunst geht es um Sehen, nicht um Vernunft. Kunst stellt etwas dar, betont oder reduziert, sie zeigt, beschreibt aber nicht, sie dokumentiert nicht, kommentiert nicht und erzählt auch nicht. Sie ist grenzenlos wie die Metamorphosen in der Natur. Kunst setzt sich mit dem Unbekannten in Beziehung.«

Ich nicke zustimmend.

»Unbekannt? Für Sie vielleicht. Ich kenne eine Menge Penner mit den gleichen aufgedunsenen Gesichtern. Der Bahnhof ist voll von solchen Metamorphosen, und um sie zu sehen, muss man nicht einmal Eintritt bezahlen, mein Herr!«, wettert sie Kaugummi schmatzend.

Ich traue meinen Augen und Ohren nicht! Serenas Körper und Geist werden, wie Nengzhis Bilder, auf einmal uneinig. Selbst Vermeers Magd hätte mehr Verständnis für Kunst gehabt als Sole Kotilges Schwester. Was für eine Pleite!

25 ♀

Angeregt durch Normans Blick, der mich in der Galerie die ganze Zeit beobachtet, als wüsste er nicht mehr, wer ich bin, erweitere ich meinen Plan etwas und statte Kotilge Nr. 4 mit einer ganz besonderen psychischen Störung aus, die mein Vorhaben beschleunigen soll. Während des anschließenden Spaziergangs am Main rede ich von nichts anderem als von den Regenpfützen, die meine teuren Pollini-Schuhe ruinieren, und als wir dann in einer Kneipe in Sachsenhausen einkehren, bringe ich mit Bier und Schnaps meine Zunge richtig in Form und rede eine ganze Stunde *korrekt krass Kanakisch* über eines von Julias Lieblingsthemen: Schutzengel. Das gibt ihm den Rest! Er ruft ein Taxi und setzt mich hinein. Zum Abschied winke ich ihm noch mit einem Aschenbecher zu und rufe: »Schau her, Norman! Den hab ich *gerippt*.«

Als ich nach Hause komme, ist Griets Bild von der Wand verschwunden, *Sehnsucht* steht im Regal und Norman sitzt wieder am PC. Ein Hochruf auf Kotilge Nr. 4!

»Darf ich fragen, wie der Abend mit meiner Schwester gewesen ist?«, frage ich.

»Mit welcher? Ihre Schwester leidet an einer multiplen Persönlichkeitsstörung.«

»Ich weiß. Welche haben Sie heute kennen gelernt?«

»Welche? ... Sie wissen darüber Bescheid und haben

mich nicht davor gewarnt?«

»Hätten Sie es mir in Ihrer Verfassung geglaubt?«

»Vermutlich nicht.«

»Das habe ich mir gedacht. Außerdem sind manche ihrer Alters recht amüsant.«

»Horst und Alters sind *Ihnen* geläufig? Darf ich raten: WDR?«

Oh je! Die Grenzen zwischen mir und der Rolle verwischen zu sehr. Wenn ich nicht aufpasse, rede ich bald mit ihm über psychogenen Dämmerzustand und Ganser-Syndrom.

»Dass ich Ihren Haushalt führe, heißt nicht, dass ich mich nur für Kochen und Putzen interessiere, Herr Braun.«

Er steht auf, holt die Kassette aus dem Videorekorder heraus und wirft sie in den Papierkorb.

»Ich dachte, ich würde eine bezaubernde, kultivierte und intelligente Frau treffen. Stattdessen bin ich mit einer vorlauten Kunstbanausin, einer nervenden Schikkimicki-Zicke und einer fünfzehnjährigen ungezogenen Kleptomanin ausgegangen, die mir beibringen wollte, wie man Schutzengel findet. Ich soll mir von einem Vogel eine Feder schnappen, die Leiter zum Regenbogen hochklettern und den netten Typ mit Flügeln, der seit dreiunddreißig Jahren wegen mir dort herumsitzt, um ein *Gefühl*, was das auch immer sein mag, bitten. Und bloß nicht vergessen, schön Danke zu sagen. Schutzengel sind gut erzogen und furchtbar schnell beleidigt.«

Er setzt sich wieder und sieht mich irritiert an.

»Warum *Sie* nichts Richtiges gelernt haben, ist mir ein Rätsel.«

»Ich kann mich nicht erinnern, mit Ihnen über meine Schulbildung geredet zu haben. Wenn Sie erlauben, würde ich gerne ins Bett gehen. *Meine* Freizeit ist heute recht anstrengend gewesen.«

»Darf ich fragen, was Sie heute so gemacht haben?«

»Wollen Sie das wirklich wissen?«

»Nur zu!«

»Dasselbe wie Sie. Mich mit unkonventionellen Methoden in das Leben anderer eingemischt und es wieder in Ordnung gebracht.«

Ein Rätsel, dessen Lösung durch doppeldeutige Angaben erschwert wird, ist umso geheimnisvoller.

26 ♂

Sommer. Laut Sole, macht Serena eine stationäre Therapie. Tamara Haferkamp erkundet mit Lars, einer zerrissenen Jeans und einer Flasche Oxypure in der Hand Amerika. Max ist mit Cato und seiner jungen Freundin nach Köln gezogen. Marisa May hat mir verziehen. Und ich kann endlich wieder schreiben.

Der Tag fängt gut an, ohne Störungen und voller Inspiration. Es ist angenehm warm, und Sole und ich wollen, wie schon so oft in der letzten Zeit, gemeinsam im Garten essen.

Ich warte ungeduldig darauf, weil es etwas Neues gibt: Rahmsuppe von weißen Auberginen, Schwarzwurzelgratin mit Périgord-Trüffeln, Kartoffeltortelloni auf tomatisierten Lauchzwiebeln und als Dessert eine Apfeltarte mit geeistem Portweinschaum. Eines muss man Sole lassen, sie kocht immer besser und sie bringt mich zum

Lachen. Eigentlich ist sie ein zyklopisches Rätsel, und all meine Versuche, mehr über sie zu erfahren, sind fehlgeschlagen. Wäre sie ein Schwan, würde ihr *Geheimnis*, ich bin mir absolut sicher, dass sie eines hat, schon reichen, um sie interessanter zu machen als all die Frauen, die ich kenne. Wäre sie ein Schwan, würde ich sie heiraten. Leider ist sie nur eine kalikutische Henne, die neuerdings Wert auf ihr Äußeres legt und sich heute unbedingt zum Essen umziehen wollte. Ich habe ihr gleich abgeraten. Wozu der Aufwand?

Endlich erscheint sie mit der Suppe. Ich bin sprachlos, denn sie trägt ein enges, tief ausgeschnittenes Kleid und hochhackige Sandalen, wofür man einen Waffenschein beantragen sollte.

»Serena hat mir die Sachen geschenkt. Wie sehe ich aus?«, fragt sie, und ich Hornochse finde leider die Sprache wieder und sage natürlich das Falsche: »Wie eine kalikutische Henne auf Stelzen. Her mit der Suppe!«, was dieses Mal nicht ohne Folge bleibt: Sie schüttet mir die Suppe über den Kopf.

»Ist sie nicht ausgezeichnet? Vielleicht fehlt eine Prise Muskat. Was meinen Sie?«

»Eher etwas Salz. Beim nächsten Mal sollten sie auch etwas Estragon reintun«, unbeirrt halte ich an meinem Kurs fest.

»Es wird kein nächstes Mal geben. Ich kündige.«

Ich schnappe nach Luft.

»Warum denn das? Das dürfen Sie nicht! Ich entschuldige mich auch. Nein? Wollen Sie mehr Geld? Sie wollen mehr Geld, nicht wahr? Okay, ich gebe Ihnen eine Gehaltserhöhung. Hundert Euro? Nein? Zweihundert? Wie viel? Sagen Sie es schon!«

»Mir geht es nicht um Geld, mir geht es um Respekt. Ein Wort, das Sie überhaupt nicht kennen. Außerdem brauche ich eine neue Aufgabe.«

»Was sind Sie? Eine verdammte *Pretenderin?* Gestern Astronautin, heute Haushälterin, morgen Psychologin?«

»Wer weiß? Was die Zukunft angeht, könnten Sie sogar recht haben.«

»Das können Sie mir nicht antun! Soll ich vielleicht in Zukunft mit jemandem wie Frau Schimmel an einem Tisch sitzen und über die Chaostheorie reden?«

»Wenn es nur darum geht, nicht allein zu essen, rate ich Ihnen zu einem Haustier oder einer Ehefrau.«

»Ich soll heiraten? Wen denn?«

»Eine wohlgeratene Schwanenfrau, die sich für Vegetarisches begeistern kann und beim Bügeln Ihrer Hemden nicht schneeblind wird.«

»Irgend so ein dummes, anspruchvolles, humorloses, langweiliges Weib, das nicht kochen kann, selbst eine Haushälterin braucht, nichts von dem versteht, was ich sage und mich mit ihrem Tennislehrer betrügt? Nein! Lieber heirate ich Sie. Bleiben Sie bei mir, wenn ich Sie heirate?«

»Simon wird sich freuen zu hören, dass seine Theorie über die Chancen von Scheinen mit einer längeren Laufzeit richtig ist. Leben Sie wohl, Herr Braun. Übrigens, das Kapitel *Berserker-Prinzip* sollten Sie wirklich überdenken.«

»Haben Sie etwa meine Arbeit gelesen?«

»Jeden Abend, nach den drei Fragezeichen.«

Ich bin wieder zu Hause. Vor zwei Monaten habe ich Norman verlassen. Adieu! Ich habe die Koffer gepackt, das Essen in den Müll geworfen, das Dessert auf die Windschutzscheibe seines Autos geschmiert und weg war ich. Ich wäre so oder so bald gegangen, auch ohne seine letzte gemeine Taktlosigkeit.

Meine Diplomarbeit ist so gut wie fertig, und ich habe mich inzwischen mit meiner Familie versöhnt, nicht bei Lillis Hochzeit, die nicht stattgefunden hat, da ihr Ralfi doch ein spielsüchtiger Morris Townsend und total verschuldet ist. Er wollte nur ihr Geld.

Hier ist nichts mehr wie früher. Bei Julia auch nicht. Sie ist im dritten Monat schwanger. Jetzt wollen Simon und sie zusammenziehen.

Meine Eltern haben so gut wie jedes Zimmer, die Garage und den Garten mit rot-weißem Flatterband geteilt. Das Haus sieht wie der Ort eines Verbrechens aus. Toll! Das verlorene Schaf ist heimgekehrt und ist jetzt ein *Scheidungskind*.

Im eigenen Haus wohne ich mal bei Mutter, mal bei Vater, was bei der räumlichen Distanz recht unproblematisch ist. Ich muss kein Flugzeug besteigen, durch die Stadt fahren, Parkplätze suchen oder ewig laufen. Wenn Vater im rechten Teil des Wohnzimmers sitzt und Mutter im linken, steige ich einfach über das Absperrband und mache einen Blitzbesuch.

Nicht ganz so einfach gestalten sich die Mahlzeiten. Da geht das Band quer über den Tisch, und wenn ich vergesse, bei wem ich gerade bin, und aus Versehen mit beiden spreche, bekomme ich von der Seite, wo ich *nicht* sein kann, keine Antwort.

Für dieses Problem habe ich aber eine Lösung gefunden. Ich nehme genau in der Mitte der Grenze Platz und bin so bei beiden Elternteilen zu Gast, welche, nachdem sie die Vorteile einer solchen strategischen Position erkannt haben, damit beginnen, mich als Hermes zu missbrauchen.

»Sag deinem Vater, dass ich morgen auf einer Fortbildung bin!«

»Sag deiner Mutter, dass ihr Auto dringend zur Inspektion muss!«

So geht es die ganze Zeit, überall im Haus, außer in der Küche, Bibas Reich, und natürlich in meinem Zimmer, das aber, nach dem Aufheben der Nachrichtensperre, zu eine Poststelle geworden ist, wo meine Eltern ständig Telegrammzettel unter die Tür schieben: *Gärtner bezahlen! Fernseher kaputt! Dr. Liebermann anrufen!*

Alle Versuche, dem Wahnsinn ein Ende zu machen, sind gescheitert, und so habe ich irgendwann kapituliert. Die Statistik irrt sich. Scheidungskinder haben keine doppelten Vorteile, wie doppelte Aufmerksamkeit, doppeltes Taschengeld, doppeltes gemeinsames Reisen und endlich ein eigenes Haustier. Ich habe nur denselben alten petzenden Köter, der sowieso nur Biba mag, und doppelten Stress, den ich, kurz vor der Prüfung, wo die Nerven sowieso blank liegen, absolut nicht gebrauchen kann.

Die einzige Person im Haus, die sich normal verhält, ist wie immer Biba, in deren ungeteilter und elternfreier Zone, ich mich am liebsten aufhalte. Nicht anders als früher, als Biba mich zum fleißigen Stubenmädchen ausgebildet oder mir Märchen erzählt hat. Nur dass jetzt *ich* die Märchenerzählerin bin und Biba zuhört. Heute ist es wieder soweit, während einer Lernpause mit Tee und Kuchen will sie ihr Lieblingsmärchen *Der Schöne und das Biest* nochmals hören (und wehe ich verändere etwas daran!).

»Moment mal, so ist es nicht richtig«, korrigiert sie mich wieder. »Norman hat gesagt: *Wenn Sie jetzt noch ein blaues Kopftuch tragen würden, dann …* Habe ich recht?«

Mit dem Ende der Geschichte ist Biba überhaupt nicht einverstanden, weil ich, das Biest, mich *nicht* in eine Prinzessin zurückverwandele und er, der Schöne, mich *nicht* erobert. Darüber diskutieren wir wieder endlos.

»Ich weiß nicht, warum du Norman nicht magst. Ich finde ihn sehr nett«, sagt sie.

»Du kennst ihn doch gar nicht!«

»Doch!« Sie schaut mich schuldbewusst an.

»*Waaas?*«

»Gewöhne dir dieses furchtbare ›*waaas*‹ ab. Man sagt ›wie bitte‹.«

»Hör auf damit und sag mir, was du getan hast!«

»Nichts. Ich war zufällig in der Pestalozzistraße, habe ihn zufällig im Garten gesehen und ein paar Worte mit ihm gewechselt.«

»Die Pestalozzistraße liegt am anderen Ende der Stadt. Da kommt man nicht zufällig hin. Das heißt, du bist extra hingefahren, um ihn zu sehen. War er wirklich im Garten oder hast du gar an seiner Tür geklingelt?«

»Leicht angeklopft.«

»*Wie bitte?*« Ich bin fassungslos.

»Reg dich nicht so auf! Ich habe nur gesagt, mir wäre zu Ohren gekommen, dass er eine Haushälterin sucht.«

»Dir zu Ohren gekommen? Biba! Von wem?«

»Das wollte er gar nicht wissen. Er hat mich nur traurig angeschaut, den Kopf geschüttelt und die Tür wieder zugemacht. Wenn du mich fragst, der Mann ist sehr deprimiert. Und, weißt du was, wenn dieses Affentheater nicht aufhört, werde ich hier kündigen und es nochmals bei ihm versuchen, dann habe ich wenigstens an den Wochenenden frei.«

28 ♂

Meine schwarze Perle ist weg. Ich habe sie mit nichts aufhalten können, weder mit Bitten oder Geld, noch mit der Drohung, ihr das letzte Gehalt nicht auszuzahlen. Darüber hat sie nur gelacht und gesagt, ich soll mir einen Papagei kaufen. Zugegeben, sie ist nicht die erste Frau, die die Koffer gepackt und mein Haus verlassen hat, aber die erste, die so lange geblieben ist, die ganz ohne meine Hebelspiele die Flucht ergriffen hat und die ich vermisse. Meine Tage ohne sie sind jetzt länger und leerer.

Seitdem sind mehr als zwei Monate vergangen. Am Anfang dachte ich, sie würde sich beruhigen und zurückkommen, schließlich hat sie eine Menge Sachen hier gelassen. Das hat sie nicht getan, und ich habe beim Warten täglich eine Dose Dr. Bachs Notfall-Bonbons verzehrt. Ohne Erfolg. Der passive, unproduktive und äußerst unruhige Zustand, in dem ich mich wieder befinde, bessert sich nicht.

Ich hasse mein neues altes Leben, das Putzen, Einkaufen, Kochen, meine Hemden in die Wäscherei zu bringen und meine Bücher überall herumliegen zu sehen. Es ist mir ein Rätsel, wie Sole wissen konnte, wo sie hingehören. Ich bin nicht nur ratlos und ungefähr so deprimiert, wie in der Zeit, als ich in Serena verliebt war, ich habe auch, was noch schlimmer ist, Griet wieder herausgeholt, ihr zwei dicke Augenbrauen, eine Brille und eine Warze angemalt und das Bild wieder aufgehängt.

Heute Morgen suche ich bei Marisa May Trost. Sie ist die einzige, die Mitte August da ist und fast so gut vegetarisch kochen kann wie Sole. Ich helfe ihr im Schlafzimmer einen gelben Schuhschrank zusammenzubauen.

»Kannst du mir vielleicht sagen, was mit mir los ist?«, fragt Marisa.

»Sag du mir lieber, warum Frauen so viele Schuhe brauchen?« Ich nehme zwei Gesundheitssandalen wieder aus dem Regal und betrachte sie.

»Du hast recht, die sind hässlich. Damit kann man keinen Mann hinter dem Ofen hervorlocken.« Sie nimmt sie mir aus der Hand und wirft sie in den Papierkorb.

»Meine Haushälterin hat fast die gleichen getragen«, seufze ich wehmütig.

»Vermisst du sie?«

»Irgendwie schon.«

»Man könnte fast meinen, du wärst in sie verliebt, was ich aber nicht glauben kann, so wie Tamara mir sie beschrieben hat. Sie soll ziemlich seltsam ausgesehen haben.«

»An ihr ist alles seltsam. Sie ist wie ein Bild von Zhao Nengzhi, uneins in Körper und Seele. Was hältst du vom Heiraten?«

»Ich weiß, dass dir mein Essen schmeckt, aber mir deswegen einen Antrag zu machen?«

»Habe ich auch nicht. Ich wollte nur wissen, wie du darüber denkst?«

»Nichts für mich! Ein Mann wäre mir zu wenig. Um rundum glücklich zu sein, bräuchte ich vier. Einen geselligen Ausgeh-Mann, der sehr gut aussieht, eine anständige Bildung besitzt und nicht zuviel redet. Dann einen Bastler, so eine Art nützlicher Idiot, den ich nicht begehre und der nicht versucht, mich ins Bett zu kriegen, der aber ständig irgendwelche Sachen repariert, das Auto wäscht, verstopfte Abflüsse reinigt und Möbel zusammenbaut.«

»Das könnte ich sein. Vorausgesetzt ich bekomme einen Mittagstisch bei dir und du versprichst mir, keine lateinischen Führungen mehr durch deinen Garten zu machen. Wie sollen Nr. 3 und 4 sein?«

»Der dritte sollte vorzüglich kochen und im Gegensatz zum geselligen Ausgeh-Mann, mich am Tisch unterhalten können, danach abspülen und verschwinden. Der vierte ist natürlich der Liebhaber. Jemand, der wiederum eine gute Figur hat, gut im Bett ist und mich in meiner Freiheit nicht einengt. Wenn du einen Rat von mir willst, nimm dir auch vier Frauen, denn du wirst nie eine finden, die all diese Eigenschaften in einer Person vereinigt.«

Marisas Behauptung, die perfekte Frau gäbe es nicht, hat mich intensiv darüber nachdenken lassen, ob unter all den Frauen, die ich kenne, nicht doch eine solche sein könnte, die ich übersehen habe. Und so habe ich eine Liste nach Aussehen, Bildung, Humor und Kochkünsten gemacht. Am Ende sind drei Kandidatinnen übrig geblieben.

Irina Bycovic, Gynäkologin aus Kiew, ist mit drei Punkten die Siegerin. Sie hat so viel Temperament, Witz, Humor und Schönheit, dass jeder Oblomow sofort seinen gemütlichen Chalat aus persischer Seide auszuziehen und ins Fitnesscenter rennen würde. Der Punktabzug ist wegen der ukrainischen Küche. Sie hat versucht, mich mit Bortsch, Kutja und Okroschka zu füttern. Grauenvoll!

Marisa May, mit vier Punkten, wäre mir lieber, aber da sie vier Männer braucht, kommt sie nicht in Frage, und Tamara Haferkamp schneidet mit zweieinhalb Punkten am schlechtesten ab. Dank mir sieht sie jetzt gut aus, hat aber Brustwarzen, die kaum vom Bauchnabel zu unterscheiden sind, lackiert neuerdings nur jeden zweiten Fingernagel, und ihr Kühlschrank ist immer leer.

Ich habe Irina angerufen.

»Norman Braun? Was willst du? Ich habe gleich eine OP. Fasse dich kurz!«

»Würdest du mit mir essen gehen? Heute Abend?«

»Nur in der Nähe der Klinik. Ich habe Rufdienst.«

»Okay! Wann und wo soll ich dich abholen?«

»Um 18 Uhr? Im Elisabethen-Krankenhaus?«

»Im Elisabethen-Krankenhaus?«

»Ja, ich habe gewechselt. Ist das ein Problem für dich?«

»Nein, wieso? Sag mal, kennst du vielleicht eine Frau und einen Mann, die …«

»Entschuldige, Norman, ich muss los. Bis heute Abend also. Warte in der Cafeteria auf mich!« Ganz die alte Irina, immer auf dem Sprung.

Pünktlich um sieben sitze ich in der Cafeteria und warte. Nach zwanzig Minuten suche ich auf der Tafel die gynäkologische Abteilung, und mich trifft der Schlag. Eine Martha Kotilge leitet sie. Ich suche weiter und finde in der Chirurgie auch einen Ferdinand Kotilge. Entweder wimmelte es dort nur so von Kotilgen oder ich bin auf einen Riesenschwindel hereingefallen.

Der Fahrstuhl ist besetzt und ich renne drei Stockwerke hoch. Irina steht im Gang und spricht mit einer Frau im weißen Kittel.

»Bis gleich«, verabschiedet sich die Frau, läuft an mir vorbei und ich kann den Namen auf ihrem Schild lesen: Dr. med. Martha Kotilge.

»Ach, Norman, ich wollte dich gerade anrufen.« Irina kommt mir entgegen. »Unsere Verabredung fällt leider ins Wasser. Ich habe einen Notfall. Norman, was ist mit dir? Du siehst aus, als hättest du ein Gespenst gesehen?«

Kein Gespenst, nur Soles kalikutische Entenmutter, die Kräuterhexe, Frau von Dr. Ferdinand Kotilge, dem Medizinmann. Das ist also Soles Geheimnis!

»Das war doch Frau Dr. Kotilge, oder?«

»Ja, sie ist meine Chefin. Kennst du sie?«

»Sie nicht. Ich kenne aber ihre Tochter …«

»Oh ja, ich habe gehört sie soll sehr apart sein.«

Bevor ich noch etwas sagen kann, ruft die Kräuterhexe nach Irina, und sie lässt mich stehen. »Ich muss, Norman. Tschüss. Wir telefonieren.«

29 ♀

Akute Lernunlust! Vorvorgestern war ich froh, Julia und Simon beim Umzug helfen zu können. Ich habe sogar die neue Wohnung von oben bis unten blitzblank geputzt und ein fünfgängiges vegetarisches Menu gezaubert, nach dem selbst Simon sich die Finger geleckt hat. Vorgestern war ich entsprechend müde und habe wieder nichts getan. Gestern habe ich meine Bücher neu geordnet, nicht nach Alphabet, und heute ist es viel zu heiß, um etwas zu tun. So geht es die ganze Zeit. Das neue alte Leben, nach dem ich mich so gesehnt habe, ist nicht mehr so wie früher.

Das Wochenende steht vor der Tür und bevor ich wieder als Hermes unterwegs sein darf, habe ich heute Morgen versucht, mich mit einer Kanne eiskaltem Gyokuro am Pool zu entspannen.

»Schmeckt ausgezeichnet, Normans Tee«, sagt Biba, die dabeisitzt und auf Wunsch meiner Mutter einen Wintermantel für Struppi strickt.

»Biba, hast du den Typen bemerkt, der aussieht wie Inspektor Clouseau und die ganze Zeit um das Haus herumschleicht?«

Biba schaut aus ihrem Stuhl hoch und sagt: »Wer bei 36 Grad im Schatten mit Hut und Sonnenbrille läuft, ist normal. Wer einen Regenmantel trägt, ist entweder ein

Spinner oder ein Spanner.«

»Sollen wir die Polizei rufen?«

Biba, mit einer Stricknadel bewaffnet, steht auf: »Lass nur! Ich scheuche ihn weg.«

»Mit dem Ding? Warte! Wir nehmen Struppi mit, zur Abschreckung.«

»Struppi? Soll er den Mann anzittern oder was? Bedecke dich lieber!«

Am Tor öffnet der Mann den Mantel und wir machen kreischend einen Sprung zurück.

»Serena? Oder mit wem habe ich heute das Vergnügen?«, sagt er und nimmt Hut und Brille ab. Volltreffer! Norman Braun und die Stunde der Wahrheit!

»Was soll die Verkleidung? Sind Sie verrückt geworden?«

»Das müssen gerade Sie sagen. Ich will mit ihrer Schwester sprechen. Ich weiß, dass sie zu Hause ist. Moment mal! Die Frau kenne ich. Sie war bei mir wegen einer Stelle. Was ist das hier, das Haus von Dr. und Dr. Kotilge oder ein Vermittlungsbüro für Hausangestellte?«

Keine Stunde der Wahrheit! Er ist immer noch davon überzeugt, dass es eine Serena gibt. Und ich werde ihn in dem Glauben lassen.

»Ich mag an einer multiplen Persönlichkeitsstörung leiden, aber Sie, Herr Braun, sind paranoid.«

»Wenn Sie so freundlich wären, Sole zu rufen! Sie schuldet mir eine Erklärung.«

»Geht nicht. Sie ist … verreist.«

»Das stimmt nicht. Sie hat sich am Telefon gemeldet.«

»Sie sind es also, der den ganzen Morgen anruft und auflegt? Das war aber nicht Sole, das bin ich gewesen. Wir werden oft verwechselt … am Telefon. Tja, Sie haben sich geirrt, Herr Braun, meine Schwester hat dringend etwas Urlaub gebraucht und ist weggefahren.«

»Wohin? Auf die Bahamas? Wo sie mein Gehalt für Trinkgeld ausgibt? Ich glaube Ihnen kein Wort. Ich gehe erst, wenn ich mit ihr gesprochen habe.«

»Ich denke, Herr Braun verdient eine Erklärung«, mischt sich Biba ein und lässt Norman herein.

»Komm Serena! Wir holen deine Schwester. Nehmen Sie Platz, Herr Braun, etwas Gyokuro? Schmeckt auch kalt sehr gut. Es dauert nur einen Moment. Sole muss sich umziehen, ich meine anziehen, sie liegt noch im Bett. Sie entschuldigen uns.«

Biba zieht mich ins Haus hinein.

»Biba! Schnappst du jetzt auch über?«

»Nicht mehr und nicht weniger als du und Norman. Hör mir genau zu, Mädchen, du gehst jetzt hoch und verkleidest dich, ein allerletztes Mal. Du ziehst aber unter meinem Bademantel das blaue Kleid mit dem tiefen Ausschnitt im Rücken an. Du weißt, er liebt blau. In der Zwischenzeit bitte ich Norman ins Wohnzimmer und lasse ihn mit Blick zur Treppe Platz nehmen. Dann kommst du herunter, langsam natürlich, und während du sprichst, fängst du an, dich zu demaskieren, wie in *Tootsie,* du weißt schon, Perücke weg, Brille weg …«

»Den Teufel werde ich tun! Kotilge Nr. 2 hat es nicht verdient, dass Norman sich für sie interessiert, nur weil sie Kotilge Nr. 1 und nicht Kotilge Nr. 3 oder Nr. 4 ist. Und überhaupt, warum musste er sich für die Schöne anstatt für das Biest interessieren? Nein, nein und nochmals nein!«

30 ♂

Ich suche meine Ex-Haushälterin auf, die eine eigene Haushälterin, einen Bildhauer als Gärtner, eine Villa, einen 15 Meter langen Pool und vermutlich einen Sportwagen in der Garage hat. Ich kann nicht glauben, dass ich in ihrem luxuriösen Wohnzimmer sitze, vollgestopft mit antiken Möbeln, wütend wie einer meiner von mir geschädigten Klienten. Ich, Norman Braun, der Erfinder der Hebelspiele, bin zum ersten Mal nicht Täter, sondern Opfer.

Als Sole endlich die Treppe herunterkommt, in ihrem alten Bademantel und mit Birkenstocksandalen, bin ich irgendwie enttäuscht. Was hatte ich denn erwartet? Dass sie plötzlich wie ihre Schwester aussieht?

»Herr Braun, bringen wir es schnell hinter uns!«, sagt sie gleich.

»Einverstanden. Ich warte.«

»Worauf?«

»Darauf zu erfahren, warum sie mich die ganze Zeit an der Nase herumgeführt, angelogen und getäuscht haben.«

»Getäuscht? Ein wenig, vielleicht. Angelogen? Nicht ganz.«

»Doch! Sie haben gesagt, ihre Eltern arbeiten im Krankenhaus.«

»Tun sie das vielleicht nicht?«

»Sie schwingen Skalpelle und keine Besen! Das ist ein

Unterschied. Sie haben auch behauptet, keine richtige Ausbildung zu haben. Wenn ich das hier so sehe und zwei und zwei zusammenzähle, kann ich es nicht ganz glauben. Wo waren Sie? In Oxford?«

»Alles Ansichtssache, Herr Braun. Meine Eltern zum Beispiel halten von meinem Psychologiestudium nicht viel«.

»Psychologie? Sie auch? Wie praktisch! Serenas Behandlung bleibt in der Familie. Und was sollte die schreckliche Aufmachung? *Sie* haben es nicht nötig, den Rotkreuz-Container zu plündern.«

»Worüber reden wir hier? Über meinen Geschmack? Was wollen Sie, Herr Braun? Habe ich meinen Job schlecht gemacht? Sie beleidigt, bestohlen, angemacht? Aus Gründen, die nur mich etwas angehen, habe ich eine Arbeit gebraucht. Sie wollten nur eine unattraktive Frau um sich haben, und ich bin eine. Und wäre ich bei Ihnen in Designerkleidung aufgetaucht, hätten Sie mir den Job gegeben?«

»Natürlich nicht! Wenn ich gewusst hätte, dass sie zu der besseren Gesellschaft gehören, hätte ich Sie nie eingestellt.«

»Eben! Wissen Sie, was Sie sind? Sie sind ein arroganter, überheblicher, eitler, herablassender, anmaßender, blasierter Flachwichser.«

»Ich resümiere: dünkelhaft. Haben Sie nicht etwas vergessen?«

»Was?«

»Zynisch, hinterhältig und furchtbar nachtragend.«

31 ♀

Mir geht es gut, schätze ich. Mit der Uni bin ich fertig. Das geteilte Land ist vereinigt. Meine Eltern sprechen wieder miteinander, vor allem am Telefon, stundenlang. Danach sperren sie sich in einem der Gästezimmer ein, und was sie darin treiben, möchte ich nicht wissen. Es fällt mir schon schwer genug, mir vorzustellen, dass meine beste Freundin und mein Ex es treiben, das müssen sie wohl, da Julia schwanger ist. Dass es aber auch meine Eltern tun und sogar nicht unter der Bettdecke und in der Missionarstellung, ist mehr als abartig. Warum die Menschen Sex haben, weiß ich. Warum aber *meine* Eltern?

Ich muss wohl damit leben, dass irgendwie alle Sex haben, außer mir. Dabei könnte ich, wenn ich wollte, mit Nils Sprengler zum Beispiel, mit dem Mutter mich verkuppeln will, einem Assistenzarzt aus ihrem Team, den ich *zufällig* bei der Casablanca-Party von Lilli kennen gelernt habe. Um zwei Uhr morgens auf einem Sofa neben einer fetten, betrunkenen Ilsa Lund in den Armen eines zwei Meter langen Ricks, fragte er mich: »Träumst du auch von einer Fortsetzung?«

»Du meinst, László wird *doch* von den Deutschen gefangen genommen, stirbt in einem Konzentrationslager, Rick erfährt davon, verabredet sich mit Ilsa auf dem Empire State Building und wartet, wie damals in Paris, wieder vergeblich, weil sie auf dem Weg zu ihm von

einem Auto überfahren wurde? Nein, das ist cineasti-
scher Vampirismus.«

»Und welchen Film hast *du* gerade *ausgesaugt?*«

»*Die große Liebe meines Lebens,* mit Cary Grant und De-
borah Kerr. Einer meiner Lieblingsfilme, nach *Sabrina,
Frühstück bei Tiffany* und *Vom Winde verweht.*«

»Klasse! Das sind auch meine Lieblingsfilme. *Vom
Winde verweht* sehe ich mir jedes Jahr an, kurz vor Weihnachten. Wen hast du lieber, Rhett oder Ashley?«

»Rhett natürlich! Wer mag schon Ashley.«

»Ich.«

»Dieses verlogene, blasse Gespenst, das will und doch
nicht will? Er ist der Vorfahre von Judith Hermanns Figuren – eine Blinkanlage: ein, aus; ja, nein; ich liebe dich,
ich liebe dich nicht. ›Eigentlich, wenn du das genau wissen willst, meine arme Scarlett, habe ich dich nie geliebt.‹
Und das geschlagene vier Stunden lang!«

Nils sprang auf, verzog das Gesicht zu einer weinerli-
chen Grimasse und rief: »Warum hast du das nicht gleich
gesagt!«

Nach einem Wettbewerb im Aufsagen der berühmte-
sten Sätze des Filmes, den er gewonnen hatte, stellte er
mir natürlich die obligatorische, äußerst originelle Frage:
»Warum hat Rhett Scarlett verlassen?«

»Das kann ich dir sagen, weil er endlich erkannt hat,
dass sie an einer bipolaren Störung leidet.«

»Scarlett ist Borderline?«

»Nach meinem psychologischen Gutachten, ja. Fast alle
Symptome treffen auf sie zu. Entweder idealisiert sie die
Menschen oder sie wertet sie ab. Sie manipuliert, kon-
trolliert, zeigt selbstschädigende Verhaltensweisen wie
Eau-de-Cologne-Missbrauch, hat wechselnde Beziehungen,
Wutausbrüche, Trennungs- und Verlustängste und para-
noide Fantasien. Außerdem liebt sie nur Männer, die sie

nicht bekommen kann.«

»Und wen liebst du?«, fragte er.

»Ich? Im Moment niemanden.«

Hätte ich bloß die Klappe gehalten. Seitdem klebt dieser Ashley-Sympathisant, dieser, laut meiner intriganten, mutierten Mutter, *unglaublich nette und attraktive* Nils Sprengler ständig an mir, auf Dauerblinken geschaltet. Als er mich zum dritten Mal zu Hause abgeholt hatte, mit einem *anständigen* Auto *ohne* Luftballonaufkleber, hat meine Mutter mir tatsächlich ins Ohr geflüstert: »Ist er gut im Bett?« – Abartig!

Warum ich nicht gehe? Weil ich nach dem Ausflug aus meinem gemütlichen Nest und den mühsamen, komplizierten Aufenthalten in fremden Nestern eine noch überzeugtere Nesthockerin geworden bin. Solange sie nicht anfangen, Sexpartys zu geben, werden sie mich nicht wieder los, obwohl ich oft den Eindruck habe, dass sie es ganz gerne hätten, wenn ich wieder das Haus verließe, für immer, alleine oder besser noch mit einem Mann wie Nils, der, sollte ich ihn zum Weihnachtsessen einladen, eine echte Chance hätte, lang genug zu bleiben, um von Bibas köstlichen Desserts zu kosten.

In zwei Wochen ist es wieder so weit. Ich backe mit Biba Plätzchen, trinke Glühwein, weine bei den Weihnachtsreklamen im Fernsehen und halte Ausschau nach Geschenken. Nils ist sogar schlimmer dran. Er hat sich einen Weihnachtskalender gekauft und öffnet jeden Morgen ein Türchen, bei Kerzenlicht.

Egal, in dieser besinnlichen Übergangszeit der Liebes-, Beruf-, Eltern- und Freundlosigkeit – Julia und Simon sind nur noch mit sich, dem kommenden Baby und der bevorstehenden Hochzeit beschäftigt – ist es immer noch besser, mit Nils auszugehen als allein zu Hause zu sitzen. Und so begleite ich ihn halbherzig auf Weihnachtsmärkte, in Buchhandlungen, Musikläden, Theater und Konzerte.

Er sagt: »Für mich sind Kunst, Theater, klassische Musik, Literatur und Weihnachten das Sahnehäubchen im Leben.«

Biba sagt: »Er ist ein Langweiler, vergiss ihn!«

32 ♂

»*Alla Turca?* Jazz? Ich dachte, wir würden Mozart hören«, sagt Irina, die von Musik nichts versteht, was zu einem Abzug von einem Viertelpunkt führt, den ich ihr aber sofort wieder gebe, als sie den Mantel auszieht. Irinas Ausschnitt, ein Prélude, das die Erwartung auf ein berauschendes Nocturne erweckt, strahlt für den Anlass jedoch ein wenig zu viel.

»Norman, was hören wir jetzt? Jazz oder Klassik?«

»Beides.« Ich pfeife ihr die bekannte Passage aus Mozarts *Rondo alla Turca*.

»Das ist von Mozart? Das kenne ich! Nils' Handy klingelt so.«

Ich ziehe ihr den Viertelpunkt wieder ab und frage, wer Nils ist.

»Ein neuer Kollege, der Liebling der Chefin.«

Wir betreten den Konzertsaal, wo es surrt, brummt, raschelt, flüstert, schweigt und … irgendwo Mozarts *Rondo alla Turca* klingelt.

»Das ist bestimmt Nils. Als ich ihm vom Konzert erzählt habe, war er gleich interessiert. Er wollte auch kommen, mit einer Freundin. Ja, da ist er. Huhu, Nils!«

Nils kommt auf uns zu. Er ist sehr in Eile. »Oh, gut, dass du da bist. Wir haben einen Kaiserschnitt und die Chefin ist krank. Hat sie dich noch nicht angerufen?«

Da klingelt auch Irinas Handy.

Sie entschuldigt sich: »Tut mit Leid, Norman, ich muss auch einspringen. Du bist mir doch nicht böse?«

»Ach was! Das ist nur die vierte Verabredung, die platzt. Macht nichts. Geh schon! Sehe ich dich nachher noch?«

»Ich glaube nicht. Das dauert«, sagt Nils.

Ich schaue ihn an. Er schaut mich an. Männer sind nicht wie Schokolade. Männer sind wie Hunde. Wenn sie sich begegnen, lässt sich die Rangfolge an der Stimmlage erkennen: Fühlt sich ein Hund dem anderen überlegen, dann grollt er mit tiefen Tönen, hält er sich für schwächer, dann jault er mit hoher Stimme. Nils packt mich am Ellenbogen und schiebt mich zu den vorderen Sitzreihen. Er legt seine Hand auf die Schulter einer Frau und sagt mit grollender, tiefer Stimme: »Schätzchen wir müssen das Bäumchen wechseln, hier ist aber jemand, der dir Gesellschaft leisten wird und dich hinterher nach Hause fährt. Nicht wahr, Herr …«

»Braun.«

Mein Bäumchen, das Schätzchen, dreht sich um: Es ist Serena, und sie sieht umwerfend aus!

»Irina, du hast doch nichts dagegen, oder?«, fragt Nils.

Irina schaut Serena an, sauer wie Schneewittchens Stiefmutter und sagt mit einer sirupartigen Apfelkompott-Stimme plus einem Schuss Gift: »Nein, natürlich nicht. Amüsiert euch!«

Serena schaut mich an, als wäre ihr etwas im Hals stecken geblieben. Dazil Fray, der Pianist, erscheint mit lässig zerzaustem Haar und einem ungebügelten Hemd. Ein Raunen geht durch den Saal. Ich nehme vorsichtig neben Serena Platz und bete, sie möge keinen psychotischen Schub bekommen, nicht auf die Bühne rennen, schimpfen oder was immer Leute wie sie tun. Nebenbei habe ich mich gefragt, ob Nils eigentlich weiß, dass er mit einer *Beautiful Mind* ausgeht.

33 ♀

Am Tag nach dem Konzert sitzt Mutter immer noch mit einer mittelschweren Grippe im Bett. Eingewickelt in einen Flanellschlafanzug, einer Art *extra large* karierten Verhütungshülle mit Rentiermuster, überwacht sie ihre Abteilung telefonisch, Operationssaal eingeschlossen, erledigt nebenbei den liegen gebliebenen Papierkram, schreibt Weihnachtskarten und hält mich und Biba mit nervtötenden Aufträgen auf Trapp. Über Männer, die behaupten, sie wären multitaskingfähig, nur weil sie beim Autofahren gleichzeitig die Soundanlage bedienen können, kann ich nur lachen. Zwischen einer frühzeitigen Geburt und einer Sterilisation entschuldigt sie sich bei mir für den geplatzten Abend und fragt, wie er verlaufen sei.

»Ich habe mir das Konzert angehört, zusammen mit Irina Bycovics Begleiter, der mich anschließend nach Hause gefahren und nicht einmal zur Tür begleitet hat.«

»Seit wann legst du Wert auf gute Manieren? … Entschuldige einen Moment … welche Schwangerschaftswoche? Neunununddreißigste? Gut, dann lösen Sie die

Cerclage! So, da bin ich wieder. Was sagtest du, Schätzchen? Ach ja, du wolltest von Irinas Freund erzählen. Sieht er gut aus? Ist er gebildet? Reich?«, und dann klagt sie »Oh, mein Kopf fühlt sich wie eine taube Nuss an.«

»Von allem etwas.«

»Gebürtig?«

Eine latent rassistische Frage. Ausländer gehen nur mit Ausländern aus. Soll ich meine Mutter in ihrem Zustand erschrecken? Unbedingt.

»Er ist ein waschechter Frankfurter und heißt Norman Braun.«

Erschrockener kann sie nicht sein. »Norman Braun? *Der* Norman Braun? Irina geht mit deinem Schinder aus? Wie kommt sie dazu?«

»Das hätte ich auch gerne gewusst. Sie passen überhaupt nicht zusammen.«

Biba kommt mit einem Teller Hühnersuppe herein und gibt wieder eine ihrer sybillinischen Prophezeiungen von sich: »Sie werden sich trennen, wie die Walnuss von ihrer äußeren Schale. Wenn die Frucht reif ist, öffnet sich die Schale, und die Nuss fällt.«

»Von mir aus sollen sie zusammen auf dem Baum bleiben und verdorren«, brumme ich und löse mich aus meiner eigenen, verräterischen Umarmung. Körpersprache ist so entlarvend wie ein Lügendetektor.

»Ach ja?« Biba entgeht nichts.

Meine Biba! Die Einzige, die voll durchblickt, was man von meiner Mutter nicht behaupten kann.

»Wenn ihr von meinem Kopf redet, da ist keine Frucht drin, sondern eine Packung Tamponade.«

Sage ich doch!

34 ♂

Mein Buch ist angenommen worden, und ich habe niemanden, mit dem ich meine Freude darüber teilen kann. Seit dem Konzertabend habe ich Irina nicht mehr gesehen. Wann immer ich sie angerufen habe, war sie kurz angebunden. Angeblich hat sie viel zu tun.

Cherchez l'homme! sage ich nur. Wenn meine Intuition mich nicht täuscht, heißt der *homme* Nils Sprengler. Irinas Ausschnitt muss auch ihn beeindruckt haben, insbesondere wenn er sie immer nur im weißen Kittel gesehen hat. Mit Sicherheit hat auch Irinas seelische Gesundheit beim Bäumchen-Wechseln eine Rolle gespielt. Wer lehnt sich schon an einen Kaktus, wenn man neben einem duftenden Apfelbaum steht?

Ehrlich gesagt, es ist mir egal. Wir passen sowieso nicht zusammen. Sie hat immer nur über ihren Beruf geredet. Sollte ich bei einer Geburt helfen müssen, würde ich sogar mit Komplikationen fertig werden. Selbst Weihnachten, das wir zusammen bei mir zu Hause verbringen wollten, hat sie abgesagt. Dafür ist Marisa May eingesprungen.

Ich komme nicht mit leeren Händen. Marisa bekommt von mir einen Heiratskandidaten mit ausgezeichneten Chancen. Das Besorgen eines solchen Geschenkes war nicht einfach gewesen. Ich habe etliche Karteikarten studieren müssen, bis ich unter meinen Klienten den Richtigen für sie gefunden habe, besser gesagt die Richtigen, denn es sollten vier in einem sein.

Meine Wahl fiel auf Pierre, einen französischen Architekten. Er ist ein geselliger Ausgeh-Mann mit Bildung, ein geschickter Bastler, ein unterhaltsamer Koch und, so wie er aussieht, mit Sicherheit ein begnadeter Liebhaber.

Wir sind kaum im Wohnzimmer, da sagt Pierre: »Madame, die Lichterkette an Ihrem Baum ist defekt. Darf ich sie reparieren?« Und schon hat er einen Schraubenzieher in der Hand und Marisas Augen strahlen, als hätte er ein funkelndes Schwert gezogen.

»Sie wissen nicht zufällig, wie man eine versalzene Maronensuppe retten kann?«, fragt sie ihn anschließend.

Und er: »Sicher, Madame!«

Marisas Herz wird im Sturm erobert, von einem französischen Ritter mit einem Schraubenzieher und einer Salz saugenden Kartoffel. *Veni, vidi, vici.*

35 ♀

Weihnachten habe ich gut überstanden. Selbst die Bescherung ist kein Alptraum gewesen. Dieses Jahr scheint jeder das Passende bekommen zu haben, bis auf Mutter. Ich habe ihr richtigen Baumschmuck geschenkt und nebenbei die sofortige Pensionierung meiner Kuscheltiere verlangt und erwirkt. Darüber war sie nicht besonders glücklich. Nils hatte Gott sei Dank Mutters Einladung abgesagt. Inzwischen ist es Ende Januar und er hat nichts mehr von sich hören lassen, was mir ehrlich gesagt völlig egal ist. Er ist so aufregend wie Flanellpyjamas mit Bärchenmuster. Außerdem hätte ich auch kaum Zeit für ihn gehabt.

Julia und Simon kosten mich den letzten Nerv. Simons bester Freund ist krank geworden, und ich bin nun die rechte Hand der Braut und die Linke des Bräutigams, sozusagen Trauzeugin und Trauzeuge in einem. Ich muss dafür sorgen, dass es bei der Feier keine Langeweile, störenden Pausen, Streitigkeiten, unpassende Musik oder unliebsamen Überraschungen gibt, die Brautleute nicht gestresst, die Helfer nicht überfordert und die Gäste nicht unzufrieden sind. Dass zu den Aufgaben einer Trauzeugin das Mitschleppen und Beerdigen eines toten Katers gehören, bezweifele ich.

Buffo, Simons Verlobungsgeschenk an Julia, ein grauer Perserkater, ist nämlich just am Hochzeitsmorgen gestorben. Bemerkt habe ich es. Als ich ihn zum Frühstück gerufen habe, hat er sich nicht gerührt. Er lag in seinem Körbchen mit weit aufgerissenen Augen. Kein gesunder Kater sieht aus wie Jack Nicholson in *Shining*. Als ich Julia sein Ableben mitgeteilt habe, hat sie geschrien: »Mein Baby! Mein Baby!«

Simon, der seit einer Stunde das Badezimmer blockierte, ist herausgeschossen, mit kurzen Haaren. Wow! Mit der Frisur, den blauen Augen und dem dunklen Anzug sah er aus wie der neue James Bond. Wäre er so bei uns zu Hause aufgetaucht, wäre mir einiges erspart geblieben. Während sich Julia die Seele aus dem Leib schrie und die Schminke von den Augen wegheulte, dachte er, das Baby käme gleich, und presste Julia die Hand zwischen die Beine.

»Was machst du da? Unsere Katze ist tot und du fasst

mir zwischen die Beine«, schrie sie.

»Wie? Du bekommst kein Baby?«

»Natürlich nicht. Wie kommst du darauf? Buffo ist tot. Was machen wir nur mit ihm?«

Ich habe vorgeschlagen, uns erst nach der Hochzeit um Buffo zu kümmern, womit Julia keineswegs einverstanden war.

»Wir sollen ihn hier tot und allein lassen? Niemals. Er kommt mit in die Kirche. Der Pfarrer soll ein paar Abschiedsworte für ihn sprechen.«

»Na toll! Eine Hochzeit und ein Todesfall. Das ist filmreif.«

Erstes Gebot einer Trauzeugin: Widersprich nie einer Braut im neunten Monat. Und dann fuhren wir zu viert in die Kirche. Julia auf dem Rücksitz, wegen des Bauchumfangs, und ich vorne in einem Kleid von Dolce & Gabbana mit Buffo auf dem Schoß in einem Spitzenkopfkissenbezug von Lidl, weich gebettet auf Simons Haare, die mit begraben werden sollen.

Nun sitze ich hier in der Kirche, und Buffo liegt brav neben mir. Wenn man mich nach dem Spitzensäckchen mit der blauen Schleife fragen sollte, dann werde ich antworten: »Reis, da ist Reis drin, eine Menge Reis.«

Der eingeweihte Pfarrer ist sehr verständnisvoll und hält tatsächlich eine *Insiderrede* für Buffo, über die er sich hinterher sicherlich einiges anhören muss, wegen der ›etwas unpassenden Textwahl‹ für die Trauung einer schwangeren Frau: »Freude und Kummer sind unzertrennlich. Sie kommen gemeinsam, und sitzt nur das eine bei euch zu Tisch, so bedenkt, dass das andere auf eurem Kissen schlummert.«

Julia, die ganz genau weiß, von welchem Kummer er redet, bricht in Tränen des Leides aus, die glücklicherweise völlig falsch interpretiert werden. Gott sei Dank ist die Zeremonie kurz, mit Rücksicht auf Julias geschwollene Füße, sonst würde die Quelle ihres Kummers, die weder zu Tische sitzt, noch auf ihrem Kissen schlummert, sondern neben mir auf der Kirchenbank den ewigen Schlaf schläft, steif wie ein Brett werden.

Als die beiden aus der Kirche kommen und mit Reis überschüttet werden, greife ich in der Aufregung in das Säckchen und bewerfe das Paar mit Simons Haaren. Nach dem obligatorischen Wurf des Straußes, den Julia mir ›zufällig‹ ins Gesicht wirft, schnappe ich mir die Braut: »Ich denke nicht daran, einen toten Kater zum Bankett mitzunehmen. Er wird vorher beerdigt.«

»Wo denn?«

»Bei mir hinter dem Haus. Dort ruhen drei Hunde, zwei Katzen, ein Hamster und fünf Wellensittiche.«

»Gut, so ist er nicht allein.«

In einem Affentempo fahren wir zu mir. Hinter dem Geräteschuppen, der zu allem Überdruss auch noch verschlossen ist, hebt Simon mit seinem Schweizermesser ein Loch aus, legt den Rest seiner Haare hinein, bettet Buffo darauf, streut etwas Grünzeug drüber, buddelt mit den Händen das Loch wieder zu und hält eine kurze Rede: »Ruhe sanft, Amen und ab.«

Jetzt liegt der Kater meiner Freundin, der den Namen eines berühmten Clowns trägt und von einem Exclown begraben worden ist, im Garten der Exfreundin des Exclowns. Was für ein Katzenzirkus!

36 ♂

Faschingszeit! Die ganze Welt amüsiert sich und ich bin deprimiert. Dagegen jogge ich. Es hilft aber nicht wirklich. Jeder, den ich kenne, hält es im Moment für nötig, mir mitzuteilen, wie gut es ihm geht. Tamara Haferkamp hat sich scheiden lassen und hat in Las Vegas Lars geheiratet, Max und Cato sind wieder in Frankfurt. Er wohnt mit einer Schauspielerin zusammen und hat durch sie eine Rolle in einem Fernsehfilm bekommen. Marisa May ruft mich nur noch mampfend aus ihrem Bett an, das sie anscheinend Tag und Nacht mit Pierre teilt. Und ich habe in Erwägung gezogen, mir ein Haustier zuzulegen, am besten einen Hund, der mit mir joggt, gerne Musik hört und, wenn ich ihm das beibringe, Erstausgaben riecht und Vegetarier ist.

Ich will gerade duschen, da klingelt es und Soles Haushälterin steht vor meiner Tür.

»Herr Braun, kann ich mit Ihnen reden?«

»Sie sind dem Irrenhaus entkommen und wollen jetzt für mich arbeiten?«

»Nein, es geht um Serena.«

»Ich bin Lebensberater und kein Psychiater.«

»Wollen Sie mich nicht hereinbitten? Was ich zu sagen habe, ist äußerst wichtig und könnte länger dauern.«

Inkonsequent wie ich bin, lasse ich sie herein und wir setzen uns. Sie kramt in ihrer Tasche und holt einen Umschlag heraus. »Hier, sehen Sie sich das an!«

Faschingsartikel: eine Perücke, eine Brille, zwei falsche Augenbrauen und etwas Gummiartiges, das wie verbranntes Schweinefleisch mit Borsten aussieht.

»Schön. Sie wollen auf einen Maskenball? Und?«

»Erkennen Sie die Sachen nicht? Sie gehören Sole. Es gibt keine Serena, Herr Braun, Serena ist Sole und Sole ist alles andere als hässlich oder verrückt. Verstehen Sie?«

»Was in aller Welt versuchen Sie mir da zu sagen, Frau …?

»Düll, Babette Düll. Alle nennen mich Biba. Ich versuche Ihnen zu sagen, dass der Schwan zum hässlichen Entlein mutierte, um die Stelle zu bekommen. Später hat sie notgedrungen Serena erfinden müssen, damit das Ganze nicht auffliegt, was weiter nicht schlimm gewesen wäre, wenn Sie sich nicht in Serena verliebt hätten. Als Sole wegen Ihres Liebeskummers nicht mehr mit ihrer Diplomarbeit vorangekommen ist, hat sie alles getan, damit Sie Serena schnell vergessen, was ihr schließlich auch gelungen ist.«

Ich starre mit offenem Mund auf die Karikatur an meiner Wand. Natürlich! Jetzt erkenne ich es: Serena in der Maske von Sole oder Sole ohne Maske! Wie konnte ich nur so blind sein!

»Sie werden nicht wieder die Fassung verlieren, oder?«, fragt Biba, ziemlich besorgt. Nach meinem letzten Auftritt eine berechtigte Frage.

»Ausrasten? Ich? Sie haben keine Ahnung, wie glücklich Sie mich gerade gemacht haben. Mein größter Wunsch ist in Erfüllung gegangen: Eine Kreuzung zwischen meiner und Ihrer Sole. Die ideale Frau für mich.«

»Das denke ich auch. Deswegen bin ich hier.«

»Schön, Sie wissen es, ich weiß es, weiß es aber auch Sole?«

»Noch nicht. Aber ich habe eine Idee.«

»Was sollte ich Ihrer Meinung nach tun? Mich in einen Prinzen verwandeln? Ich glaube, als Norman Braun, habe ich bei Sole keine Chancen mehr.«

»Nicht in einen Prinzen, in Cyrano de Bergerac, und zwar gleich morgen Abend auf der Kostümparty ihrer Cousine. Sie wird als das Mädchen mit dem Perlenohrring gehen. Das Kostüm habe ich ihr nähen müssen, und sie sieht darin diesem Bild dort zum Verwechseln ähnlich.«

»Mit oder ohne Attrappen?«

»Ohne natürlich. Und, was sagen Sie zu meinem Plan?«

»Ich weiß nicht. Warum gerade Cyrano? Mit einem Rüssel als Nase werde ich bei ihr so viele Chancen haben wie er bei Roxane.«

»Das können Sie natürlich nicht wissen. Aber als Sole klein war, habe ich ihr das Stück so oft vorgelesen, dass sie es auswendig kennt. Es gefiel ihr mehr als manches Märchen, bis auf das Ende, das ich für sie umschreiben musste. In meiner Geschichte hat Cyrano Roxane bekommen. Von Sole weiß ich, dass Sie eine scharfe Zunge besitzen. Wetzen Sie sie! Üben Sie sich in der Kunst der Beredsamkeit! Treffen Sie ihr Herz! Schlagen Sie das Mädchen mit den gleichen Waffen!«

Ein prickelndes Gefühl fährt plötzlich durch meine Glieder und meine Finger am Schicksalshebel zucken. Dieses Mal werde ich ihn in eigener Sache betätigen.

»Überzeugt!«, sage ich und hole Edmond Rostand aus dem Regal. Mit einer Fliegenklatsche in der Hand hüpfe ich dann fechtend und rezitierend durch das Zimmer: »Ich fordere zum Duell den ganzen Saal. Schreibt eure Namen ein, ihr jungen Helden. Ich geb euch Nummern. Einer nach dem andern. Jawohl, ich bin dabei! Der Herr von Bergerac treibt morgen seinen Schabernack.«

»Sie machen das schon sehr gut. Hier ist die Handynummer von jemandem, der Bescheid weiß und Ihnen mit Kostüm und Maske helfen wird.«

»Sie haben wirklich an alles gedacht.«

»Das ist mein Job, seit gut sechsundzwanzig Jahren.«

Es sind nicht immer die Figuren selber, die den glücklichen Ausgang zuwege bringen, mit dem jede Liebesgeschichte endet. Manchmal bedarf es der Hilfe, in den Märchen wie im richtigen Leben. Ich nehme meine gute Fee hoch und küsse sie.

»Liebe Biba«, sage ich, »wie viele Westernhelden wären am Ende des Filmes noch am Leben ohne die rettende Erscheinung der Kavallerie? Sie sind meine Kavallerie, meine Göttin, in die Maschine gestiegen, um zwei Opfer ihrer ungezügelten Spiellaune zusammenzubringen.«

»Weder Pferd noch Maschine, ich bin in eine überfüllte Straßenbahn gestiegen, und wenn sie mich freundlicherweise wieder herunterlassen, fahre ich damit auch wieder zurück.«

37 ♀

»Biba, soll ich dir was sagen? Ich gehe doch nicht auf Lillis Faschingsparty. Ihre Yindie-Freunde sind unerträglich!«

Wir sind im Bad, wo ich ihr helfe, Struppi zu baden.

»Yindie-Freunde? Was soll das denn sein?«

»Yindies sind jung und berufstätig, wenig konsumorientiert und darauf bedacht, etwas Besonderes zu sein und unabhängig zu bleiben – eine Mischung aus Yuppie und Independent. Sie sind Großstädter hocken mit iPod, Ohrstöpseln und Laptop in Coffee-Shops und schlürfen *Double Mocha* oder *Chai Latte*. Sie tragen Jeans von Marken, die keiner kennt und, wie ich *sie* kenne, stecken sie heute Abend in ausgefallenen Faschingskostümen und reden über das Filetieren von Erbsen.«

Biba wirft mir einen Blick zu vom Typ ›Kehre-vor-deiner-eigenen-Kleiderschranktür‹.

»Menschen ändern sich. Aus Prinzessinnen werden sogar Mägde«, murmele ich. »Weißt du was, Bibachen? Ich bleibe heute Abend lieber hier. Du machst uns einen Riesenteller von deinen Domino-Brothäppchen, und wir schauen uns zum dreißigsten Mal *Schlaflos in Seattle* an.«

Biba hört auf, Struppi zu bürsten. Shampooniert und geföhnt sieht er aus wie Simon vor der Hochzeit. Sie schüttelt vehement den Kopf. Ich weiß genau, warum es nicht geht, weil sie drei Tage an meinem Kostüm genäht hat und ich Tante Hedi versprochen habe, einen fachmännischen Blick auf Lillis neuen Freund zu werfen. Sie verlässt sich auf mein Urteil, neuerdings. Nicht nur sie, übrigens. Seit meinem Examen bin ich nicht mehr Tochter, Nichte, Cousine oder Freundin. Ich bin nur noch *Psychologin* und keiner redet mehr mit mir ungezwungen über Liebe, Essen, Kleidung, Bücher oder Filme. Nein, sie reden über Medien-, Markt-, Sozial- und Umweltpsychologie.

Gestern hat sogar Mutter mit mir über Probleme in ihrer Abteilung gesprochen und wollte, dass ich ihr mit Organisationspsychologie aushelfe. Dabei bin ich diejenige, die Hilfe bräuchte; Diagnose ICD10-Code: F60.9., das heißt, ich leide an ›spezifischen Persönlichkeitsstörungen‹. Die Synapsen meiner Nervenzellen lahmen. Julia sagt, ich hätte mich von einer Araberstute, die ständig die Nüstern bläht, in eine freundliche, hilfsbereite

Mulistute verwandelt. Sie sagt aber auch, dass Mulis Hybriden sind, die sich nicht fortpflanzen können.

Schließlich gehe ich doch auf Lillis Party, aber nicht ganz wie Biba es sich vorgestellt hat. Ich mische mich unter das Yindievolk als das Mädchen mit dem Perlenohrring, aber auch mit der Brille, der Warze und den dicken Augenbrauen, damit man mich in Ruhe lässt. Dass es funktionieren würde, wusste ich nur allzu gut. Und tatsächlich, jeder, der mit mir redet, bleibt deutlich unter der Drei-Minuten-Grenze. Einige lassen mich schon nach drei Sekunden stehen. Ich bin die unattraktivste Frau im Raum. Selbst Lilli sieht in ihrem Pudelanzug besser aus als ich.

Anstatt wie Madame Pompadour in der Operette von Leo Fall auf der Suche nach Abenteuern zu sein, bin ich als Polizeiminister Maurepas unterwegs. Die zu ermittelnde Person ist ein Handy. Mit Display überragt er Lilli gerade so. Laut einem Artikel, den meine Tante gelesen hat, soll ich Fangfragen stellen und auf die ›Mikroexpressionen‹ achten. Was glaubt sie, was ich bin? Ein Scangerät, das das Böse im Menschen erkennt? Nach meiner verdeckten Untersuchung will ich mich unauffällig verkriechen und zu Julia und Simon gehen. Sie haben sich eine neue Katze aus dem Tierheim geholt. Nach der Hochzeit und der Beerdigung gibt es heute Abend eine Taufe, im engsten Kreis: sie, ich, die Katze und ein Schutzengel namens Komutiel.

Ich nähere mich dem Handy, das sehr interessiert ein gesticktes Bild betrachtet, es heißt *Der Gehenkte* und hat eine verdammte Ähnlichkeit mit Lillis Ex, dem Zahnarzt und Mitgiftjäger Ralf Soundso. Das kann nur bedeuten, dass meine Cousine endlich Henry James gelesen und wie Catherine Sloper das Sticken als Sublimierung von aggressiven Triebimpulsen entdeckt hat.

38 ♂

Nachdem ich über eine halbe Stunde vor dem Haus von Soles Cousine gewartet habe, taucht eine etwas größere Gruppe von Gästen auf, der ich mich unauffällig anschließe.

Keine Spur von Sole. Was ich sehe, sind eine Menge Leute in albernen Verkleidungen. Ich fühle mich wie ein Ritter zwischen Konservendosen. Mein Kostüm ist nicht zusammengebastelt, es kommt aus dem Theaterfundus. Dank Simons Geschick und seinen Beziehungen bin ich ein vortrefflicher Cyrano. Man könnte glauben, meine Nasenmasse, mein Felsgeklüfte, Berg und Tal, mein Futteral wären echt. Es sitzt alles, auch der Text, den ich die ganze Nacht gebüffelt habe: »Den Witz habe ich zum Zierrat mir erkoren, und ritterlich bei müßigem Geschlender, lass ich die Wahrheit klirren statt die Sporen.«

Ich schlendere, nach Sole spähend, zum Buffet: Tiroler Speck vom Brett mit Radi und Bauernbrot, Mini-Schweinshaxen in Grammelbiersoße mit Kartoffelknödel und Sauerkraut, Bergkäsevariationen und Kaiserschmarrn mit Zwetschgenröster. Deftig, wie zu Zeiten von Cyrano, nur nichts für mich. Neben mir fragt ein Champagnerglas einen Sprengstoffattentäter: »Wie hat dir Jenny Treibel gefallen?«

»Nicht so. Das Buch ist mehr für Leute wie dich.«

»So? Wie bin ich denn?«

»Na ja, du ziehst dich gerne in eine hübsche Garten-
laube zurück.«

»Und du in griechische Tempel.«

»Was hast du gegen Bildungsreisen? Nur an alten Stät-
ten kann man der werden, der man ist, wie Protagoras
einst sagte.«

»Ist das nicht von Sophokles?«

Cyrano befand sich in der Garküche der Poeten. *Wo bin
ich? In der Alpenküche der Ignoranten?* Meine Zunge zuckt:
»Weder noch, es war Pindar, der gesagt hat: ›Werde, der
du bist‹. Protagoras sagte: ›Der Mensch ist das Maß aller
Dinge, der Seienden, dass sie sind, und der Nichtseien-
den, dass sie nicht sind‹.«

»Und wer sind Sie?«, fragt mich der Sprengstoffattentäter.

»Im Gegensatz zu uns jemand mit echter Bildung«, flötet das Champagnerglas.

Mein Herz macht einen Satz. Eine Frau, deren Kopfbedeckung ich allzu gut kenne, steht am Kamin und
redet mit einem Handy. Ach, Sole, Gott küsste dich auf
die Wange, und du warst da!

›Geht sie zuerst zu ihrer Cousine und dann erst zu einer anderen Dame, dann wird sie meine Frau‹, so
ungefähr steht es in *Krieg und Frieden*. Das denkt André,
als er Natascha auf dem Ball begegnet. Welche unsinni-
gen Ideen einem manchmal in den Kopf kommen! Im
Film aber denkt André: ›Wenn sie sich in der nächsten
Sekunde umdreht und mich anlächelt, wird sie meine
Frau‹. Da ich nicht weiß, wer Soles Cousine ist, ziehe ich
die Filmversion vor. Als aber Audrey Mel anschaut,
grinst Mel vor lauter Freude von einem Ohr zum anderen. Als Sole sich umdreht und mich mit leicht
geöffnetem Mund anlächelt, erstarrte ich vor Schreck.
Wie soll ich glaubwürdig um jemanden werben, der so

aussieht? Tolstois Meisterwerk ist eine Verkettung von unglücklichen Ereignissen. Mein Leben auch.

Ein streitendes Pärchen mit dunklen Sonnenbrillen und Papieroveralls mit der Aufschrift CSI auf dem Rücken rempelt mich an.

»Passen Sie doch auf!«, schimpft der Mann. Irina und Nils! Dachte ich mir's doch! Die Hand an meiner Klinge zuckt. Meine Vermutung bestätigt zu sehen, verletzt mein Ego. Ausgetauscht zu werden, tut weh, ein wenig, gerade so viel, um richtig in Schwung zu kommen. Bühne frei für meinen Auftritt! Ich stelle mich vor meinen Nebenbuhler und schaue ihn herausfordernd an.

»Kennen wir uns?«, fragt mich der Missvergnügte.

»Warum betrachten Sie meine Nase? Was erstaunt Sie daran?«, sage ich, auf ihn losgehend, laut genug, um Aufmerksamkeit zu erregen.

Ein wenig eingeschüchtert antwortet er unverhofft ganz nach Rostands Vorlage: »Nichts.«

Die Menge ist in größter Spannung und Erregung.

»Platz da! Sehr lustig! Drängt nicht! Haltet Ruhe!« Aus dem Augenwinkel sehe ich Sole, sich uns nähern. »Ist sie weich wie ein Rüssel, schlenkert sie wie ein Perpendikel? Oder sieht sie einem Reiherschnabel gleich? Sind auf ihrer Spitze Pickel? Läuft eine Fliege darauf herum?«

Alles lacht. Nils fühlt sich in seiner Rolle nicht besonders wohl. Die Untreue gibt ihm einen Stoß. »Stell dich nicht so an! Spiel mit!«

Nils, zaghaft, um mich nicht mehr zu verärgern: »Aber nein.«

»Ekelt Sie's davor? Weil zu kränklich die Farbe? Die Form zu bedenklich?«

»Ich finde sie ganz klein, ganz winzig klein.« Ausgezeichnet, Sole hat sich hinter Nils gestellt und ihm den richtigen Text zugeflüstert.

»Was? Eine Missgeburt soll ich gar sein? Klein, meine Nase?«

»Gott!«

»Sie ist enorm! Vernimm, stumpfnäsiger Mikrocephale, dass ich voll Stolz mit diesem Vorsprung prahle; denn zu erkennen ist an solcher Form der Mann von Geist, Charakter, Edelsinn, von Herz und Mut, kurz alles, was ich bin, und was du nicht bist, du und deinesgleichen, dem ich sofort den Backen werde streichen.«

An dieser Stelle ohrfeigt Cyrano den Missvergnügten. Obwohl ich ihm liebend gerne eine verpasst hätte, lüfte ich meinen Federhut und beende die Vorstellung mit einer eleganten Verneigung. Die Menge ruft: »Bravo! Kompliment! Genial!«

Die Menge geht, Sole bleibt. Sie streckt mir beide Hände entgegen und sagt: »Darf ich Ihre Hände drücken? Ich habe laut getrampelt vor Entzücken.«

39 ♀

Der Mann meiner Mädchenträume ist aus dem Regal gesprungen, wo sich auch das Biest, der Froschkönig, Peter Pan und Donald Duck befinden, und steht plötzlich auf Lillis Party vor mir! Zittern, Hitze, verengte Pupillen, beschleunigter Puls, erhöhter Serotonin-Gehalt im Blut. So muss Anna Kareninas Körper reagiert haben, als sie Wronski auf dem Ball begegnet ist. Die Wronskis dieser Welt lassen mich aber kalt. Es sind wie immer die Außenseiter-Typen, die mich interessieren und Cyrano de Bergerac ist die absolute Nr. 1 auf meiner Liste. Und wie er gespielt hat! Mit Charme und Feuer, kraftvoll und zerbrechlich zugleich, viel besser als Depardieu.

»Hat Lilli Sie engagiert?«, frage ich nach seiner gelungenen Vorstellung mit meinem schönsten Lächeln. Das kochende Blut verwandelt sich zu einem Semifreddo, genau in dem Moment, wo mir bewusst wird, dass er mit einer lächelnden Blindraupe redet. Ich nehme meinen ganzen Mut zusammen und stelle mich vor: »Sole Kotilge, Kotilge, wie die Gastgeberin. Sie kennen doch Lilli? Die Pudeldame?«

»Angenehm, Eddi Rost, kein Schauspieler, nur ein Mitbringsel eines Gastes«, sagt er mit leicht näselnder Stimme.

»Interessant, was die Leute so alles mitbringen.«

»Ihre Verkleidung ist auch interessant, wenn auch nicht ganz getreu.«

»Sie kennen die Vorlage?«

»Ich bin in das Bild geradezu verliebt. Würde ich einer Frau begegnen, die so aussieht wie Griet, könnte sie meine Roxane werden.«

Er schaut mir dabei tief in die Augen, so nah, dass unsere Nasenspitzen sich berühren, na ja, so nah auch wieder nicht, nicht bei der Länge, nimmt meine Hand, küsst sie und sagt: »Ich habe mir der Schönen Schönste erlesen. Ihr Lächeln ist das Paradies auf Erden. Sie legt noch Anmut in ein Nichts und zeigt sich gottgleich in Bewegungen und Gebärden.«

»Sie brauchen nicht nur eine Nasenoperation, Sie brauchen auch eine Brille.«

»Ich gebe Ihnen recht. Wie viel Hoffnung kann dieses Trumm von Nase mir übrig lassen? Nanu, sie haben aber auch einen praktischen Haken im Gesicht und so schön bewachsen. Darf ich meinen Hut dranhängen?«

Die verdammte Warze! »Oh, das? Ich bin, wenngleich

so schmucklos von Gestalt, mit Unabhängigkeit und Mut geschmückt, mein Herr.«

»In der Tat, es gehört eine Menge Mut dazu, um mit solchen Attrappen im Gesicht herumzulaufen. Das sind doch Attrappen?«

»Sogar viel mehr als bei einem Mann ... ja, es sind Attrappen.«

»Betreiben Sie Selbstsabotage?«

»Das hätte ich auch gerne gewusst«, sagt Tante Hedi. »Ohne Bibas Beschreibung, hätte ich dich nicht erkannt. Sie macht sich übrigens Sorgen um dich, mit Recht, wie ich sehe. Geht es dir nicht gut, Liebes? Oh! Endlich jemand mit einem richtigen Kostüm. Willst du mir nicht deinen Kavalier vorstellen?«

Er stellt sich selbst vor, mit einem augenzwinkernden verschwörerischen Blick zu mir: »Eddi Rost.«

»Rost? Sind Sie mit Dr. Christine Rost verwandt?«

»Nein.«

»Polnischer Adel?«

»Nein, Tante, seine Ahnen stammen aus der Provence, nicht wahr Herr Rost?«

Ich packe meine Tante am Ellenbogen und ziehe sie hinter mir her. Zu Edmond Rostand rufe ich: »Laufen Sie nicht weg! Ich komme gleich wieder.«

Tante Hedi will natürlich wissen, was ich über das Handy herausgefunden habe. Ich muss sie enttäuschen. Das Gespräch war zu kurz und das Wenige, was das Handy gesagt hat, war mehr im SMS-Stil gewesen. Ich vertröste sie auf später und renne ins Bad. Weg mit dem ganzen Zeug, etwas Make-Up, kurz den lieblichen, unschuldigen, seitlichen Blick mit Schmollmund üben und ab! Als ich zurückkomme, ist mein Cyrano verschwunden. Mist!

»Wenn keiner der Gäste deinen geheimnisvollen Cyrano gekannt hat, gibt es nur zwei Erklärungen: Wer ihn mitgenommen hat, ist auch mit ihm weggegangen«, meint Julia, »oder er hat sich eingeschmuggelt und deswegen kennt ihn niemand.«

Sie liegt auf dem Boden und übt das Hecheln. Wir haben die Katzentaufe auf den nächsten Tag verlegt. Ich bin so aufgeregt, dass ich mich dazulege.

»Ich ha-sse Ge-hei-m-ni-sse!«, hechele ich mit.

Julia setzt sich auf. »Nanu, hast du nicht immer gepredigt, Frauen sollen Geheimnisse haben?«

»Frauen, ja. Männer sollen transparent sein, und bevor sie sich mir nichts dir nichts davonmachen, sollen sie gefälligst Adresse, E-Mail, Telefon- und Handynummer hinterlassen. Sind sie maskiert, erwarte ich selbstverständlich auch die Fotokopie eines gültigen Reisepasses.«

»Erkläre mir, warum ein Mann sich einen Gartenschlauch ins Gesicht kleben muss, um bei dir anzukommen!«

»Weil Kleider Aussagen transportieren. Verkleidungen ebenso. Jemand, der Cyrano darstellt, hat mit Sicherheit auch etwas von seinem Witz, seinem Charme und seiner schüchternen Seele.«

»Er könnte aber auch die Nase von ihm haben. Das wäre schlecht.« Julia kichert.

»Glaube ich nicht. Die Cyranos dieser Welt lassen sich heutzutage alle operieren.«

Ich stehe auf, springe auf das Sofa und rezitiere voller Inbrunst: »Ach was! Geistvoll sieht er aus, stolz, adlig, herzhaft. Kurzum, ich liebe ihn. Doch ich muss gestehn: Nur im Theater hab ich ihn gesehn.«

Mein Publikum ist aber ausgesprochen lau.

»Was ist jetzt? Hast du ihn ohne Maske gesehen oder nicht?«

»Natürlich nicht, du Theaterbanausin! Das sagt Roxane zu Cyrano, und sie spricht natürlich von Christian, dem unkultivierten, geistlosen Schönling. Wenn ich das sage, spreche ich aber selbstverständlich von meinem Cyrano, der ein geistreicher Christian ist, als Cyrano verkleidet. Verstehst du?«

Julia bekommt vor lauter Hecheln plötzlich keine Luft mehr, und wir suchen ihr Spray.

»Wie soll ich bei der Geburt hecheln, wenn ich dabei ersticke?«, fragt sie, nachdem sie sich erholt hat.

40 ♂

Ein *Deus ex Machina* ist gut, zwei sind besser. Meine Götter sind sogar äußerst engagiert und erfindungsreich. Göttin Biba hat mich heute Morgen angerufen und mir erzählt, dass meine Vorstellung erfolgreich gewesen ist. Sole hat großes Interesse für Cyrano gezeigt und will unbedingt herausfinden, wer er ist. Plötzlich zu verschwinden, ist also die richtige Entscheidung gewesen. Was keine Ungewissheit mehr birgt, verliert seinen Reiz. Um das Feuer am Lodern zu halten, muss man geheimnisvoll bleiben.

Kurz nach Göttin Biba hat sich auch Gott Simon gemeldet, mir ein fünfseitiges Dossier über Sole gemailt und mir geraten, schleunigst wieder aufzutauchen, am besten auf virtuellem Weg, ihre E-Mail-Adresse hat er gleich mitgeliefert.

Eine vortreffliche Idee! Nun sitze ich am PC und drücke auf *Senden*. Verzeih Rostand, wenn ich mich so schamlos aus deinem Text bediene, den ich inzwischen fast auswendig kenne.

Liebste Roxane, wo sind wir stehen geblieben?

Die Antwort kommt kurz darauf: *Simon und Julia, hört auf damit! Das finde ich nicht lustig.*

Nein, ich bin es wirklich, Cyrano, den Sie mit Ihrem Lächeln so verheißend trafen, tippe ich zurück.

Das glaube ich nur, wenn Sie mir sagen, mit welchem Namen Sie sich meiner Tante vorgestellt haben.

Eine Sicherheitsfrage? Gut, die Antwort ist: Eddi Rost. Darf ich jetzt weiter ›sprechen‹? Von Liebespfeil und Amors Schlingen?

Wir liefern uns einen Mail-Schlagabtausch.

Ein gutes Thema! ›Sprechen‹ Sie nur!

Ich liebe Sie!

Ja, das ist das Thema! Verzieren Sie es.

Ach, wenn ich nur wüsste, ob Sie mich auch lieben!

Ist das alles? Sie bieten saure Milch und ich will Sahne. Für heute scheint Ihr Geist entflohn.

Ich hasse ihn in der Liebe, den Geist. Vorlaut zerstört er unseres Herzens Einheit.

Ihr Herz ist zu geschwind. Was ist, wenn es sich doch irrt? Wie, wenn ich nicht hässlich, aber dumm wäre?

Wer solche Locken hat, besitzt Vollendung.

Sie haben mein Haar nie gesehen.

Doch! Nichts, was die Liebste tut, kann mir entrinnen: Sie trugen vergangenes Jahr am neunten März anders Ihr Haar als am achten.

Vergangenes Jahr im März trug ich Kopftücher!

Aha, Sole hat den Text verlassen. Ich muss parieren: *Ja, kariert, gestreift, geblümt.*

Woher wissen Sie das?!?

Das werde ich Ihnen von Angesicht zu Angesicht sagen, ohne Maske, versteht sich. Sagen Sie mir nur wann und wo.

»Weg damit!« Julia ist gerade dabei, den Inhalt einiger Packungen in den Biomüll zu werfen. »Deine Mutter hat mir den Kopf gewaschen. Sie sagt, wenn auch Beine und Füße Anzeichen einer fortgeschrittenen Schwangerschaft zeigen, ist es höchste Zeit, die Notbremse zu ziehen. Salz, Studentenfutter und Gummibärchen sind ab heute tabu.«

»Meine Mutter?«

»Ja, ich war heute Morgen bei ihr.«

»Oh!«

»Sie ist sich ziemlich sicher, dass es ein Junge ist.«

»So?«

»Das Baby hat schon Haare, viel zu viele. Vielleicht habe ich deswegen immer noch Sodbrennen.«

»Ach ja?«

»Es trägt auch eine niedliche Mütze.«

»Hmm, süß!«

»Hörst du mir überhaupt zu? Ich rede von meinem Baby, deinem Patenkind.«

Natürlich höre ich ihr nicht zu. Wie denn auch? Meine Gedanken schlagen Purzelbäume.

Ich will nicht über ihren Zustand reden, sondern über meinen. »Verzeih Julia! Ich weiß inzwischen alles über Babys und Geburten und kann es nicht erwarten, Paten- und Katzentante zu werden, und ich verspreche dir, dein Baby und deine Katze zu lieben, so als wären sie meine

Kinder, aber bitte, können wir jetzt über etwas anderes reden? Zum Beispiel darüber, dass gestern Abend sich Cyrano gemeldet hat?«

»Nein.«

»Nein? Oder nein ja?«

»Nein ja. Erzähl! Wie hat er sich gemeldet?«

»Über E-Mail. Ich hätte gerne gewusst, von wem er meine Adresse hat. Egal, ich hatte gerade Gast Nr. 12 auf Lillis Partyliste angerufen und wieder mal nichts erfahren, als mein PC mir Post meldet. Ich schaue nach und lese: Nachricht von Cyrano. Zuerst habe ich gedacht, ihr hättet euch eine neue E-Mail-Adresse zugelegt, nur um eure Possen mit mir zu treiben. Um sicher zu gehen, habe ich ihm eine Frage gestellt, die nur er beantworten konnte. Er ist es wirklich! Wir werden uns treffen, heute Abend, im *Storchennest*.«

»Wer ist er wirklich? Hast du ihn gefragt?«

»Nein.«

»Du hast also ein Blind Date mit jemandem, der weder seinen richtigen Namen noch seine eigenen Worte benutzt?«

»Na ja, ganz unbekannt ist er mir nicht, schließlich habe ich schon ein wenig von ihm erahnen können.«

»Oh ja! Mund, Augen und Kinn.«

»Hast du schon mal etwas von *Face Reading* gehört? Am Kinn eines Menschen kann man einiges erkennen. Je quadratischer das Kinn, desto emotionaler der Mensch. Seins ist so quadratisch wie quadratische Klammern.«

»Was ist mit den Augen?«

»Sie sitzen tief, Denkeraugen mit einem Blick, für den du sterben würdest.«

»Mund?«

»Volle Lippen, mit kleinen vertikalen Linien.«

»Vertikale Linien, soso, trockene Lippen. Ein Fall für

Labello, würde *ich* sagen.«

»Quatsch! Vertikale Linien zeugen von Humor, Selbstironie und einer gewissen Leichtigkeit im Leben.«

»Trotzdem, was ist, wenn er ein leichtlebiger, humorvoller, emotional gestörter Serienmörder ist, der sich unter die Gäste gemischt hat, um ein Opfer zu finden?«

»Ein Serienmörder, der Rostand auswendig kennt?«

»Was heißt das schon? Hannibal Lecter hat auch gelesen. Nein, ich lasse nicht zu, dass du dich in Gefahr bringst. Was du brauchst, ist ein Schutzengel.«

»Verstehe! Es gibt nicht nur Engel, die Jobs besorgen, Cupido spielen, Katzen taufen oder Babys auf die Welt bringen, nein, es gibt auch Undercover-Schutzengel.«

»Ach was! Ich rede von Blind-Date-Security. Das ist eine Organisation, die bei einem Blind Date Deckung gibt. Du setzt dich mit ihnen in Kontakt und sie schikken dir jemanden, der bei dem Treffen in deiner Nähe bleibt und dich regelmäßig anruft. Wenn du dich nicht meldest oder ein vereinbartes Codewort sagst, wird er sofort aktiv.«

Gegen Julias Fürsorge bin ich machtlos. Sie meint, ich sei im Moment unzurechnungsfähig. Seit der Party würde ich mich in einem rauschähnlichen Zustand befinden. In der Tat, ich habe seitdem eine Schmetterlingsinvasion im Bauch und ständige Adrenalinausschüttung. Liebe auf den ersten Blick? Sofern der Blick alles erfasst und mindestens 30 Sekunden dauert, kann es passieren, dass man sich verliebt. Kann es aber Liebe mit einem eingeschränkten Blick geben? Julia glaubt nicht daran. Sie behauptet, ich sei halbblind in eine verbale Falle getappt. Worte als Aphrodisiakum?

Wie dem auch sei, Frauen kurz vor der Geburt muss man ihren Willen lassen.

Zwei Stunden später ruft mich mein Bodygard an. Er

heißt Lukas und wird heute Abend nicht von meiner Seite weichen. Falls wir das Lokal verlassen, verfolgt er uns, unauffällig natürlich. Außerdem will er mich alle fünfzehn Minuten anrufen. Läuft beim Date etwas schief, haben wir einen Satz ausgemacht. Bei den Worten »Morgen Nachmittag habe ich keine Zeit«, wird er eingreifen. Sollten Julias Ängste berechtigt sein, kann ich nur hoffen, dass er rechtzeitig eingreift und mich vor einem Wolf im Cyrano-Pelz rettet.

Ein letzter Blick in jede spiegelnde Fläche, die ich auf dem Weg zur Haustür finden kann, vom Louis-XV-Spiegel bis zum Fensterglas. Julia hat mich davon überzeugt, dass Spiegel menschliche Eigenschaften besitzen. Ihre sind böse Spielverderber, schonungslose Wahrheitsliebende, bestechliche Verschleierer oder kleinliche Detailfreaks. Da ich nicht an eine Verschwörung von opportunistischen Lügnern glaube, müssen meine einfach freundlich und aufrichtig sein. Ich sehe gut aus. In der Garage klingelt mein Handy. Es ist Lukas.

»Ich bin schon auf dem Posten. Wo sind Sie?«

»Ich fahre jetzt los.«

»Gut. Was haben Sie an?«

»Einen grauen Mantel und schwarze Stiefel.«

»Darunter?«

»Ein schwarzes Kleid.«

»Was noch?«

»Wollen Sie mich beschützen oder Telefonsex mit mir machen?«

»Ich muss doch wissen, wie Sie aussehen.«

»Haben Bücher mit Rosen und die *Times* ausgedient? Und wie erkenne ich Sie?«

»Gar nicht! Wenn Sie mich erkennen würden, wäre ich

in meinem Job schlecht. Fahren Sie los! Sollten Sie das Lokal verlassen, gehen Sie nur an Orte, wo viele Menschen sind. Steigen Sie auf keinen Fall in sein Auto und halten Sie immer Körperkontakt mit Ihrem Handy. Ist die Handtasche außer Reichweite, kann das Ding Ihnen nicht helfen. Klar?«

»Klar.« Was für ein Wichtigtuer!

Auf dem Parkplatz des *Storchennests* schaue ich mich um. In Filmen sind Leute wie Lukas entweder in Müll wühlende Clochards oder schwarz angezogene Dressmen, die mit ihren Jackenrevers reden.

Niemand da. Wahrscheinlich sitzt er im Lokal, was mir nicht behagt. Ich fühle mich schon jetzt wie jemand, den man in ein Zeugenschutzprogramm aufgenommen hat. Mein Lieblingsplatz auf dem Sofa unter dem Spiegel ist frei. Ich setze mich. Bob, der Kellner, grüßt mich: »Hi Sole! Hab dich lange nicht gesehen. Simon und Julia auch nicht. Alles in Ordnung?«

»Sie sind hochschwanger. Bring mir bitte ein Valium-Lemon, meine Nerven liegen blank. Ich habe ein Blind Date.«

»Wieso braucht jemand, der so aussieht wie du, ein Blind Date? Sind die Männer alle blind geworden?«

»Das ist eine lange Geschichte.«

»Keine Angst! Ich werde ein Auge auf dich haben.«

Damit sind es schon *drei Augen*. Warum muss jeder gleich das Schlimmste denken? In dem Film *E-Mail für dich* haben sich Tom Hanks und Meg Ryan allein getroffen, und sie leben noch.

Nach dem zweiten Drink steht ein Mann vor mir, groß, gut angezogen, gerade Nase, eine Spur zu kurz, und sagt: »Darf ich?«

Bevor ich etwas sagen kann, sitzt er schon.

»Sind Sie …?«

»Ja, ich bin es.«

Seine Stimme klingt anders, weniger näselnd, das kann aber auch daran liegen, dass er keine falsche Nase trägt. Bob ist gleich da und macht einen Gesichtsausdruck vom Typ: Vergiss ihn! Der Mann schaut nämlich nicht mich an, er schaut sich an, an mir vorbei in den Spiegel hinter meinem Rücken, und bringt sein Haar in Ordnung. Ich studiere sein Gesicht, seine Bewegungen, versuche etwas von dem wieder zu finden, was mich bei der Party so fasziniert hatte. Sein Kinn ist immer noch quadratisch, seine Augen sind aber kalt und leer. Er bestellt ein Bier, wischt den Tisch mit einem Tempo ab, holt schon einen Bierdeckel aus dem Spender heraus, klopft sich die Jacke ab, zupft an seinem Hemdkragen und wirft nochmals einen Blick in den Spiegel. »Ich heiße Max«, sagt er endlich mit einer zufriedenen ›Mann-sehe-ich-gut-aus-Miene‹.

Aus der Traum! Erwartet habe ich jemanden, der gesellig, humorvoll, lebhaft und witzig ist, mit einem Wort ein zyklothymer Mensch, gekommen ist aber einer, der zu perseverativen und stereotypen Handlungsabläufen neigt, das heißt: ein viskoser, selbstverliebter Blödmann. Der Schmetterlingsschwarm in meinem Bauch legt sich schlafen, und mein Körper schickt mir abwechselnd Wut- und Enttäuschungssignale. Bob soll mir noch einen Drink bringen.

»Max Haferkampf«, stellt sich der Viskose vor.

»Haferkampf? Ich kenne noch jemanden, der so heißt.«

Zehn Minuten noch und dann gehe ich. Falls ich noch gehen kann.

»Ich weiß, meine Exfrau Tamara. Sie haben sie im Haus von Norman Braun kennen gelernt, als Sie dort arbeiteten.« Er knackt mit den Fingern und zuckt mit den Schultern.

Fünf Minuten! Vorsichtshalber schaue ich mich um, kann aber niemanden entdecken, der Lukas sein soll. Der zunehmend nervöse Viskose redet weiter: »Damals habe ich Tamara überall hin verfolgt ... Ich dachte, sie würde wie ich fremdgehen, mich betrügen, mit Norman ... Ich war im Garten, als Tamara und Norman das Haus verlassen haben. Da habe ich Sie gesehen.« Er trommelt auf den Tisch, immer schneller.

So, da haben Sie mich gesehen.«

»Ja, durch das Fenster, mit meinem Hund Cato ... und dann habe ich Sie später gesehen, wie Sie aus dem Haus gekommen sind, ohne Verkleidung ... Ich habe mich sofort in Sie verliebt.«

Der Mann kann nicht einmal fließend reden.

»Nein, Sie auch? Ich muss an dem Abend besonders gut ausgesehen haben.«

»Seitdem verfolge ich Sie ... Ich weiß alles über Sie ... Ich weiß sogar, was Sie letzten Monat getan haben.«

Er schaut mich an, als hätte ich jemanden überfahren und ins Meer geworfen. Verdammt, wo bleibt Bob, der ein Auge auf mich haben wollte?

»Sie haben mit Ihren Freunden eine tote Katze in Ihrem Garten begraben.«

Bingo!

»Richtig, meine Freunde und ich begraben keine lebendigen Katzen. Sie ist übrigens eines natürlichen Todes gestorben. Wollen Sie mich deswegen erpressen?«

»Nein, ich will Ihnen nur zeigen, wie sehr ich mich für Sie interessiere.«

»Sie haben aber kein Geheimzimmer mit meinen Bildern tapeziert?«

»Doch.«

Hilfe! Nach dem Verfolgen, Ausspionieren und Fotografieren, was kommt jetzt? Telefonterror? E-Mails und

SMS zu jeder Tageszeit? Unerwünschte Geschenke? Wohnungseinbruch, Struppi tot im Kühlschrank? Körperliche Gewalt? Wo bleibt Lukas' Kontrollanruf? Die erste Viertelstunde ist längst vorbei ... da, es klingelt, Gott sei Dank.

»Hi! Nein, morgen habe ich keine Zeit. Verstanden? Ich habe keine Zeit.« Lächeln, lächeln, lächeln.

Eine Sekunde später taucht ein Mann hinter einer Zeitung auf und setzt sich zu mir. Er zeigt seinen Ausweis und sagt: »Security. Gibt es ein Problem?«

Max Haferkampf steht auf, mit hochgezogenen Händen, wie ein geständiger Verbrecher und ruft: »Security? Nein, davon war nicht die Rede. Du hast nichts von Komplikationen gesagt. Komm jetzt und kläre das!«

Bin ich schon so betrunken oder hat der Mann tatsächlich mit seiner Armbanduhr gesprochen?

Lukas stöhnt: »Shit, mein erster Job und gleich Probleme!«

Klasse! Ein Anfänger! »Verdammt nochmal! Tun Sie etwas! Durchsuchen Sie ihn nach Waffen. Der Typ ist ein Stalker, der Botschaften von seiner Uhr bekommt.«

»Vielleicht sollte ich die Polizei anrufen. Was meinen Sie?« Toll, mein Bodyguard hat mehr Angst als ich.

Die Gäste werden langsam unruhig und Bob warnt uns, wenn wir nicht leise sind, schmeißt er uns raus.

»Polizei? Hast du das gehört? Du kommst sofort hierher, du Feigling!«, zischt Max wieder in seine Uhr.

»Sorry! Das Ganze war nicht meine Idee. Ich bin nicht Ihr Cyrano. Ich sollte nur den Christian spielen. Hier, er hat mir die Antworten zugeflüstert.« Er holt einen Minisender aus dem Ohr heraus. Ich bin Fernsehschauspieler und kein Verbrecher.«

»Das ist ein tolles Ding. Technik vom Feinsten. Woher haben Sie das?«, fragt Lukas sehr interessiert.

»Vom Requisiteur. Wir drehen gerade einen Krimi. Haben Sie mich letzte Woche in … «

»Stopp!«, schreie ich dazwischen. »Bevor Sie Autogramme verteilen, hätte ich gerne gewusst, *wessen* Idee das war?«

»Na, seine.« Max zeigt zur Tür.

Norman kommt herein! Mein Leben läuft rückwärts, bis zu dem Tag, an dem ich meine psychisch gestörte Schwester Serena auf Norman losgelassen hatte. Alles klar! Er hat die *ganze* Wahrheit erfahren. Ihm geht es nicht um Liebe, ihm geht es bloß um Rache. Gratuliere! Jetzt sind wir quitt.

Ich bekomme einen Anruf von Mutter. Julia ist im Krankenhaus. Ihre Fruchtblase ist geplatzt, und Simon ist in Ohnmacht gefallen. Sie hechelt sich zu Tode und will ihr Kind erst bekommen, wenn ich da bin. »Wo steckst du überhaupt?«, will sie wissen.

»In einem Marionetten-Theater. Das Stück ist schlecht. Es heißt *Verlorene Liebesmüh'*. Sag' Julia, ich bin schon unterwegs!«

»Ist das nicht von Shakespeare?«, fragt Bob.

»Ja«, sagt Max, »das ist die Geschichte von einem König, der studieren und auf Sex verzichten wollte. Das klappt natürlich nicht, weil der König sich in eine wunderschöne Prinzessin verliebt. Leider gibt es so viele Intrigen und so viel Durcheinander, dass die Prinzessin am Ende die Nase voll hat und geht.«

»Halt die Klappe, Max!«, sagt Norman. »Die Prinzessin geht, aber sie sagt zum König, er soll ein Jahr als Einsiedler leben, danach könne er sie wieder aufsuchen. Sole, meine Prinzessin, kannst du mir nicht das vergangene Jahr anrechnen und mir gleich die letzte Szene verzeihen? Ich wollte damit nur Cyrano aus dem Weg räumen. Er war mir zu mächtig.«

»Das ist Ihnen auch gelungen. Sie können noch zehn Jahre als Einsiedler leben und alle Theaterstücke dieser Welt auswendig lernen. Mir ist es völlig egal. *Ich* will Sie nie wieder sehen!«

»Für so eine Frau würde ich sogar das Telefonbuch auswendig lernen.« Max himmelt mich an.

»Sole, höre mich bitte an! Ich kann alles erklären.«

»Nein, die Prinzessin verlässt jetzt die Bühne. Sie fährt ins Krankenhaus zu ihrer ersten Hofdame, die ein Baby bekommt, von einem Clown, den ich stark im Verdacht habe, Ihr Komplize zu sein.«

»Ich fahre dich. Du bist betrunken.«

»Nein, danke, ich habe meine eigene Leibgarde dabei. Adieu, Majestät. Leben Sie wohl, mit oder ohne Sex!«

42 ♂

»**N**a, wollen Sie ihr nicht nachfahren?«, fragt Bob.

»Zwecklos, ich hab's vermasselt«, sage ich.

»Es gibt ungefähr einhundertfünfzig Möglichkeiten, einen Caipirinha zuzubereiten, aber nur eine Möglichkeit, eine gekränkte, verliebte Frau, zu besänftigen: sie auf Knien um Verzeihung bitten.«

»Verliebt? Was sind Sie? Hellseher?«

»Nein, Barkeeper. Ich weiß, wovon ich rede.«

»Auf den Rat eines Barkeepers muss man hören. Barkeeper sind halb Gott, halb Psychologen«, kommentiert Max. »Nun geh schon!«

Und so fahre ich Lukas hinterher, der versucht mich abzuschütteln, als wäre ich ein Killer. Bevor der Idiot einen Unfall baut, nehme ich lieber einen Umweg zum Krankenhaus. Als ich dort ankomme, ist Sole schon auf dem Weg zu Julia. Ich gehe in den Wartesaal der Entbindungsstation und mache mich auf ein langes Warten gefasst. Ein Mann mit einem feuchten Tuch auf der Stirn sitzt dort.

»Norman? Was machst du hier?«

»Simon?«

»Was soll die Überraschung? Ich habe ein Recht, hier zu sein. Schließlich bekommen wir ein Baby.«

»Das weiß ich. Solltest du nicht bei deiner Frau sein?«

»Ich kann nicht, mir wird schlecht. Soles Mutter hat mich rausgeschickt. Sie sagt, sie hätte genug zu tun und kann sich nicht auch noch um mich kümmern. Sole ist bei Julia. Bist du deswegen hier?«

»Ich bin hier, weil ich ein Narr bin.«

»Das war ich auch, sogar von Beruf. Jetzt bin ich Ehemann, Violinenbauer und werdender Vater. Ich bin also immer noch ein Narr, aber ein glücklicher. Du scheinst mir nicht sehr glücklich zu sein. Was ist passiert? Es lief doch alles so gut.«

»Ich bin zu weit gegangen. Ich habe zu der Verabredung einen psychisch gestörten Christian anstatt Cyrano geschickt.«

»Warum das denn?«

»Ich wollte nicht Cyrano de Bergerac sein, auch nicht Norman de Bergerac oder Cyrano de Braun. Ich wollte ich sein: Norman Braun. Ich wusste, sie würde von meinem Freund Max enttäuscht sein. Im richtigen Moment wollte ich auftauchen, ganz zufällig, und dem ganzen dämlichen Spuk ein Ende machen. Tja! Schlechter Regieeinfall.«

Die Tür des Kreißsaals öffnet sich und Simon wird sogleich leichenblass. Das ist wohl nicht der richtige Moment, von mir zu sprechen. Der Junge braucht dringend Ablenkung, und ich frage ihn, wie der FC Bayern letzte Woche gespielt hat.

Vier Stunden später ist das Baby da, ein Junge, laut Krankenschwester ›mit unglaublich vielen Haaren‹. Vorsichtshalber holt sie Simon mit einem Rollstuhl ab.

Kurz darauf kommt Sole aus dem Kreißsaal. Sie tut so, als wäre ich Luft. Ich laufe ihr nach.

»Sole, bleib bitte stehen! Ich habe auf dich gewartet. Ich weiß nicht, wer nervöser war, ich oder Simon. Du musst mir zuhören!«

Sie läuft weiter und ruft: »Es ist ein Uhr nachts und ich habe eine Geburt hinter mir. Ich bin kaputt, verkatert, hungrig, glücklich, euphorisch, betrübt, enttäuscht und sauer in einem. Nein, ich will nichts hören. Ich fahre jetzt mit einem Taxi zu meinem Auto und dann nach Hause, und ich bitte Sie, mich nicht zu duzen, Sie Raubmörder! Wo ist der verdammte Aufzug?«

Ich zeige ihr den Weg. »Raubmörder? Wen soll ich bestohlen und umgebracht haben?«

»Sie haben mich aus niederen Motiven meiner Hoffnungen beraubt und den Mann meiner Träume umgebracht, was im Grunde genommen das Gleiche ist. Sie können stolz auf sich sein.«

»Aus niederen Motiven?«

»Ja, Leben für Leben, Auge für Auge, Zahn für Zahn, Hand für Hand, Fuß für Fuß, Brandmal für Brandmal, Wunde für Wunde, Strieme für Strieme, Cyrano de Bergerac für Serena Kotilge.«

»Du glaubst also, ich wollte mit dir abrechnen?«

»Aus welchem Grund denn sonst?«

Der Aufzug kommt. Eine hochschwangere Frau in einem fast platzenden Morgenmantel und ein kleiner Mann steigen aus.

»Nein, wenn schon, dann aus Eifersucht. Ich liebe dich, bin toll, verrückt, von Sinnen; zum Glockenspiel machtest du mein Herz, und weil es bebt in Sehnsucht und Frohlocken, drum tönt dein Name von allen Glocken.«

»Gott sei Dank, dass du nie so schöne Worte zu mir sagst, sonst hätten wir jetzt noch mehr Kinder«, meint die schwangere Frau im Vorbeigehen zu ihrem Mann.

Wir steigen ein, und bevor die Tür zugeht, ruft Sole der Frau hinterher: »Schöne Worte, oh ja, aber leider gestohlen, meine Liebe.«

»Eben!«, sage ich. »Seine Worte sind Sahne, meine nur saure Milch. Wie lange hätte ich da mithalten können?«

»Ich weiß nicht, wie Ihre Liebesworte schmecken. Ich habe sie noch nicht probiert.«

»Soll ich dir eine Kostprobe geben?«

Ein Anflug von Lächeln huscht über ihr Gesicht.

Ich halte den Aufzug an. »Du hast gelächelt! Hast du gerade gelächelt? Doch, du hast gelächelt!«

»Nein, ich habe nur gegähnt. Was machst du da? Lass den Knopf los!«

»Du hast gelächelt und mich geduzt. Das Schlimmste ist vorbei, oder?«

»Schon wieder gestohlen. Das sagt Michael Dorsey zu Julie in der letzten Szene von *Tootsie*. Du hast keine Fantasie!«

»Ist das die Szene, in der Michael sagt: ›Beim gegenwärtigen Stand unserer Beziehung ist es besser, wenn ich ... keine falsche Nase trage‹? Meine Lieblingsszene, übrigens. Als sie zusammen die Straße entlanglaufen und Michael seinen Arm um Julies Schultern legt, habe ich sogar geweint.«

»*Sie* legt den Arm um ihn. Michael ist einen Kopf kürzer als Julie. Und wenn du das Ding wieder in Bewegung setzen würdest, kämen wir endlich an die frische Luft.«

»Läufst du dann ein Stück mit mir zusammen?«

»Wohin?«

»Zum Auto. Ich darf dich doch nach Hause fahren?«

»Damit du mich dann in der Hauseinfahrt stehen lässt? Nein, danke.«

»Habe ich das?«

»Ja, nach dem Konzert. Du hast dich über mich gebeugt, die Autotür aufgemacht und mich herausgelassen, als wäre ich ein Hund, der Gassi muss. Schon vergessen?«

»Nach dem Konzert habe ich Serena nach Hause gefahren, vor der ich, ehrlich gesagt, eine Heidenangst hatte. Ich möchte nicht daran denken, was *sie* in einer solchen Situation tun könnte.«

»*Sie* würde deine Rosen vergiften, deine Hemden zusammen mit roten Socken waschen und deine Bücher neu ordnen, nach Gewicht.«

»Im Zerstören stehst du ihr in nichts nach. Du hast einen persischen Teppich, eine kostbare Vase, Geschirr, zwei Weingläser, ein teures Hemd, die Kupplung meines Autos und eine winzige Kleinigkeit wie mein Herz kaputt gemacht.«

»Du hast kein Herz, du hast einen Joystick in deiner Brust.«

Oh, ein Totschlag-Argument! Ich könnte es mit einer Rückfrage neutralisieren. Sie käme ins Stottern und müsste sich verteidigen und beweisen, dass hinter ihrer Anklage ein inhaltlich begründeter Einwand steckt. Das Wortgefecht würde ich gewinnen. Das möchte ich aber nicht. Zum ersten Mal liebe ich eine Frau so sehr, dass ich ihr das letzte Wort lasse. Ich denke, das ist das Geheimnis einer gut funktionierenden Beziehung. Klappe halten und weitergehen!

Wir sind draußen, stehen am Eingang des Krankenhauses, es ist spät, kalt, und es scheint nicht einmal der Mond. Kein idealer Ort für eine romantische Szene.

»Das war's! Ich werde jetzt ein Taxi rufen.«

»Warte! Noch nicht. Stelle dir vor, wir sind Michael und Julie. Es ist Tag. Wir sind in New York. Die Sonne scheint. Die Straße ist voller Menschen und wir laufen Seite an Seite. Was sagst du?«

»Ich weiß es nicht.«

»Komm schon! Denke nach! Wer hat hier keine Fantasie?«

»Schon gut! Nach dem, was zwischen uns passiert ist, könnte ich vielleicht fragen, ob du mir … deine Nase leihst. Zufrieden?«

»Nicht schlecht! Und ich würde dir vermutlich antworten, dass du die Länge nicht gewöhnt bist und sie bloß in Rotwein tunken und aufweichen wirst. Wie gefällt dir das?«

Sie gibt mir einen Stoß zwischen die Rippen. Ein gutes Zeichen!

»Du hast gelacht, mich geduzt und gestoßen. Ich bin einen Kopf größer als du und könnte jetzt einen Arm um deine Schultern legen. Das ist mir aber zu wenig, deswegen werde ich eine kleine Drehbuchänderung vornehmen. Du gestattest?«

Ich küsse sie, und – sie küsst mich zurück!

»Als Schauspieler und Drehbuchautor bist du nicht schlecht«, sagt sie dann mit einem süßen Lächeln ganz nach Vermeer, »als Regisseur bist du aber eine Katastrophe.«

Totschlag-Argument.

Klappe halten und weiterküssen!

Epilog

Und wenn sie nicht gestorben sind, dann haben sie ihre Kostüme an den Nagel gehängt, in dem Zimmer über der Garage, das nach einer angemessenen Probezeit zu einer begehbaren Garderobe für Sole umgebaut worden ist, sich einen Hund und eine Katze angeschafft, ein Schwimmbad für die Hochzeitsfeier im Juni ausheben lassen und bald danach ein Riesenei gelegt, auf dessen Inhalt, in Anbetracht solcher rappelköpfigen Eltern, wir ziemlich gespannt sein dürften.

Quellennachweis

Kapitel 1, Seite 15, 22; die Theorie der Bewusstseinsebenen nach David R. Hawkins paraphrasiert aus:

Seiler, Barbara. »Die Bewusstseinsskala nach Hawkins – worum es geht.« spiriforum.net. http://www.spiriforum.net/artikel/a13-hawkins-skala-worum-es-geht.html.

Kapitel 1, Seite 25; »Männer sprechen im Durchschnitt etwa 3.000 Wörter täglich [...] einen höheren Testosteronspiegel.«

Marbach, Eva. »Männer verstehen lernen.« http://www.maenner.verstehen-lernen.de/reden.htm.

Kapitel 7, Seite 54; »Kleidung ist eine Form von Sprache [...] Wirkabsicht des Trägers.«:

Walz, Dieter Andreas. »Kleidung als Sprache. Facetten aus dem Schatzkästlein zum Thema Kleidung.« Vortrag im Rahmen der Hebelgedenkfeiern zum 175. Todestag von J.P. Hebel. Lindenmuseum in Weil (22.09.2001). http://www.ghshauseniw.de/jphebel/aktukult/weil2.htm.

Kapitel 11, Seite 68; »Lasst euch bloß nicht von diesen bösartigen, hinterhältigen, fetten, fluguntauglichen Tieren täuschen [...] und ahnungslose Sardellen zu fressen.« paraphrasiert aus:

Goebel, Eckart. »Über die bösen, fetten Enten.« mare online, No. 30, http://www.mare.de/index.php?article_id=2086 (Feb. 2002).

Kapitel 20, Seite 90; Das Zitat »Liebe ist nie verloren. Wird sie nicht erwidert, so fließt sie zurück und tröstet und reinigt das Herz« stammt von dem amerikanischen Schriftsteller Washington Irving (1783-1859).

Kapitel 32, Seite 129; » Männer sind nicht wie Schokolade. [...] hält er sich für schwächer, dann jault er mit hoher Stimme.«

Puts, D. A., Gaulin S.J.C. & Verdolini, K. 2006. „Dominance and the Evolution of Sexual Dimorphism in Human Voice Pitch." In: *Evolution and Human Behavior*. 27.4: 283-296.

Kapitel 35, Seite 135; Rede für Buffo paraphrasiert aus:

Gibran, Khalil. 2006. *Der Prophet*. Köln: Anaconda Verlag. 31.

Kapitel 36, 38, 39 und 40; Auszüge aus den Dialogen von und mit Cyrano de Bergerac:

Rostand, Edmond. 1977. *Cyrano von Bergerac*. Stuttgart: Phillip Reclam Jun. 21, 24f, 28, 29, 31, 34, 35, 53, 82f, 87f, 93.

DANKSAGUNG

Ein großer Dank gebührt meiner Freundin Katharina T. Voß und ihrem Zoo sowie Adipi, *la zitella speranzosa,* und Confuso.

Bei kalliope paperbacks erschienen:

Ida Casaburi

Der Lockruf

183 S., geb. mit Lesebändchen

Roman

ISBN 978-3-9810798-4-5

Welche Bedeutung hat der letzte Eintrag aus dem Logbuch von Kapitän Monnier? Handelt es sich um Ereignisse, die nicht nur mit dem Meer, dem Wetter und dem Schiff in Zusammenhang stehen? Der introvertierte Buchrestaurator Axel Menzel vermutet, dass sie etwas mit ihm zu tun haben könnten.

Kurz vor seinem Zusammenbruch beginnt er seine Geschichte niederzuschreiben, die während einer Geschäftsreise in Neapel ihren Anfang nahm. Dort geriet er durch das Selbstportrait einer schönen Frau und einer geheimnisvollen Botschaft in den Sog seltsamer Ereignisse.

Uli van Odijk

7 Flower Street

212 S., geb. mit Lesebändchen

Roman

ISBN 978-3-9810798-8-3

»Vertrauen, so hatte ich immer geglaubt, war die Basis unserer Ehe gewesen.« Doch die Gemälderestauratorin Luise de Groot wird eines Besseren belehrt und von der Realität eingeholt, als ihr Mann Max im Beisein einer Fremden tödlich verunglückt. Luise forscht nach und stellt fest, dass Max sich mehrmals mit Tosca getroffen hatte. War sie seine Geliebte? Warum sonst hätte Max sie ihr gegenüber verschweigen sollen?

Auf der Spurensuche, die Luise bis an die südliche Spitze Afrikas führt, wird sie von Selbstzweifel und Unsicherheit geplagt. Doch am Kap der Guten Hoffnung gelingt es ihr, nicht nur die Fäden der Vergangenheit zu entwirren, sondern auch Mut zu zeigen, als sich die Chance für einen Neuanfang bietet.

Nominiert für den LiBeraturpreis 2009

Anne Schuster
Begegnung mit einer Vergessenen

212 S., geb. mit Lesebändchen

Roman

Aus dem Englischen von Bettina Weiss

ISBN 978-3-9810798-3-8

Anna lebt im heutigen Kapstadt und schreibt Briefe in die Vergangenheit an ihre Urgroßmutter Maria. Dabei stößt sie bei ihrer Ahnenforschung in den Archiven auf ein lang verschwiegenes Familiengeheimnis. Mehr und mehr wird Anna durch die Umstände, die dazu geführt haben, Maria in die Psychiatrie abzuschieben, in ihren Bann gezogen.

Fakten und Fiktion beginnen sich in Annas und Marias Erzählungen zu vermischen, denn auch Marias Stimme ist zu hören. Gelähmt und stumm wandert sie im Geiste zurück und versucht herauszufinden, was sie ans Bett fesselte.

»Eine Doppelbiographie – spannend wie ein Krimi.«

Schwäbische Zeitung

Nominiert für den LiBeraturpreis 2007

Dianne Case
Nicht alles ist ein Zauberspiel

214 S., Broschur

Roman

Aus dem Englischen von Bettina Weiss

ISBN 978-3-9810798-0-7

Auch in Südafrika gibt es die starken, schwachen und witzigen Frauen in der Literatur, wie sie seit Eva Heller, Hera Lind, Gaby Hauptmann und anderen in Deutschland als verlegerische Erfolgsrezepte gelten. Nach Marita van der Vyver und Rachelle Greeff, die die afrikaanssprachige Männerlandschaft aufmischten, begab sich Dianne Case ins Getümmel um Frauen mit viel Drive und einigen Defiziten.

Eve Zvichanzi Nyemba

Look Within – Aus voller Seele

120 S., gebunden

Gegenwartslyrik aus Simbabwe, zweisprachig (engl/dt)

Mit Zeichnungen von Amy Laidlaw

Aus dem Englischen von Bettina Weiss

ISBN 978-3-9810798-6-9

Welche Ängste, Sorgen und Hoffnungen beschäftigen die junge Generation Simbabwes? Dem Irrsinn standhalten – welche Kraft, welchen Mut bedarf es dazu? Eve Zvichanzi Nyemba gehört zu dieser Generation und ihre Lyrik spricht aus voller Seele, unverblümt und plastisch.

Bei der Suche nach den Geheimnissen der Beziehung zwischen Mutter und Tochter, Mann und Frau, dem Geheimnis von Leidenschaft und Verrat, auf der Suche nach der Stärke der Frauen verharren die lyrischen Geschichten nicht innerhalb fest markierter Grenzen. Sie gewähren tiefe Einblicke und nehmen uns mit auf eine ungewöhnliche Reise.

Kara Benson

Briefe aus Simbabwe

140 S., Broschur, bebildert

Roman in Briefen

Aus dem Englischen von Kara Benson

ISBN 978-3-9810798-1-4

Ganz anders als in Norman Rushs Erzählungen *Weiße oder Allein in Afrika,* in denen sich die Protagonisten in ihren Klagen über den Schmutz, die Langeweile und das von der Hitze verbrannte Land verlieren, Klagen, die ihnen jeglichen Optimismus und Lebensmut rauben, erlebt Kara ihr neues Zuhause voller Lebenskraft und subtiler Poesie. In Briefform schreibt sie an ihre Freundin Hannah über Ihre Erlebnisse – Beschwingt, kraftvoll, zuweilen mit bissiger Ironie.

Kara Benson

Letters from Zimbabwe

124 S., Broschur, bebildert

Roman in Briefen

ISBN 978-3-9810798-2-1